KB107521

지금 이대로
괜찮은 당신

지금 이대로
괜찮은 당신

양양 · 장하오천 지음
신혜영 옮김

이야기나무

Contents

Prologue

50점과 100점

장하오천

누구나 자기 자신을 가장 사랑한다고 줄곧 생각해 왔습니다. 예쁜 옷을 입고, 맛있는 것을 먹고, 사랑을 하고…… 알고 보면 이 모든 게 다 자기만족을 위한 거죠.

우리의 감정은 외부의 영향을 참 많이 받습니다. 음악을 듣거나 영화를 보다가 갑자기 와르르 무너지기도 하고, 연애가 잘 안 풀리거나 자존감이 떨어질 때면 나도 모르는 사이에 마음에 상처를 입기도 합니다. 하지만 우리는 알고 있어요. 비록 지금은 힘들지만, 그래서 잘 지내는 척하고 있지만, 이 모든 것을 웃으며 추억할 수 있는 날이 곧 올 것이라고요.

양양과 이 책을 내기로 결정한 건 둘이 함께 여러 차례 삽화 작업을

한 뒤였습니다. 양양 이 친구는 어떤 일이든 편안한 마음으로 대하는 사람이에요. 함께 작업을 하며 저도 양양의 영향을 받아서 스스로 감정을 다스리는 법을 알게 됐고, 삶의 즐거움에 대해서도 조금씩 알아가기 시작했답니다.

양양은 사진 찍는 것을 좋아하고, 저는 글 쓰는 것을 좋아합니다. 또한 양양은 아이디어가 넘치고, 저는 어설픈 그림 실력을 갖고 있죠. 둘 다 50점짜리 반쪽 실력이니, 함께 힘을 합쳐 100점짜리를 만들어 보면 어떨까 생각했어요.

양양은 책 안에 모든 사진을 휴대폰으로 찍었습니다. 거기에는 중국, 홍콩, 태국, 네덜란드, 영국에서의 일상생활과 희로애락이 담겨 있습니다. 양양의 사진은 친한 친구의 일기를 보는 느낌이에요. 가볍게 책장을 넘기다 보면 사진 속 장소에 가본 것 같은 기분마저 듭니다.

또한 책에 담긴 스물한 가지 이야기는 제가 고향인 청두에서 지낼 때 만난 사람들과 대학 졸업 후 베이징에 와서 만난 사람들의 이야기입니다. 당연히 이야기 속 주인공들은 모두 실존 인물입니다. 흥미진진한 이야기도 있을 것이고 조금은 뻔한 이야기도 있을 거에요. 중요한 건, 이 이야기들이 대부분 누구나 한 번쯤 겪었을 사랑, 우정, 인생에 대한 이야기라는 점이죠.

그리고 저희 둘의 삽화도 담았습니다. 저희가 그간 해온 것처럼 책 속 삽화를 통해 긍정 에너지와 포기하지 않는 끈기도 함께 전달됐으면 합니다.

많은 사람이 저희에게 묻습니다. 어떻게 늘 그렇게 긍정적일 수 있냐고요. 자신은 늘 우울하다면서 말이죠. 그건 자신을 객관적으로 보지 못하기 때문이라고 생각해요. 누구에게나 즐거운 순간이 있고 행복한 일도 있습니다. 그런데 자신도 모르게 자꾸만 습관적으로 근심하고 우울해하는 것이지요.

맞아요. 행복을 받아들이는 건 고통을 이겨내는 것보다 더 큰 용기가 필요합니다.

울고 싶을 때는 비를 가득 머금은 구름이 됐다고 생각하고 실컷 울어보세요. 너무 힘들 때는 앞으로는 좋은 일만 일어날 거라고 믿어 보고요. 사랑하는 사람이 내 마음을 몰라주는 것 같아서 속상하다면 상대는 나의 전부이지만 나는 상대의 일부분일 수 있다는 것을 인정하면 편해집니다. 미래가 두렵고 막막하다면 일단 지금 할 수 있는 일부터 시작하세요.

이제 불안하고 초조한 마음은 여기에 내려놓고, 행복을 향해 한 걸음씩 함께 내디뎌 봅시다.

짝사랑이 아픈 이유는

좋아하는 사람 앞에서

스스로를 너무

보잘것없이 대하기 때문이야

story 01

날 사랑하지 않는 사람을 사랑하는 것

짝사랑에 목숨을 거는 소심녀

Z

Z, 분명 너도 알 거야. 길지 않은 인생에서 그렇게 빛나는 사람을 만날 수 있었다는 게 얼마나 큰 행운인지. 비록 그와 연인이 되지는 못 했지만, 열렬히 사랑했으니 네 청춘에 후회는 없겠지. 넌 이렇게 말하곤 했어.

"인류 전체를 구원할 능력은 없어도, 사랑하는 한 사람만은 행복하게 해 줄 수 있다."

❄❄❄

우리가 대학 2학년 때 너는 인터넷에서 그를 만났지. 상하이 통지대학교에 다니는 설계 학도이며, 온라인 게임을 좋아하는 그 남자를. 그때 너, 정말 가관이었다. 그 남자의 시답잖은 개그에 맞장구치고 싶어서 책과 인터넷을 뒤져가며 온갖 이상한 말은 다 배웠지. 게임 캐릭터는 혐오스럽게 생겨서 싫다던 애가 그 남자와는 얼마나 신 나게 게임을 하던지. 노트북을 품에 안고 불쑥 날 찾아왔던 날, 급하다며 물어본 것이 고작 포토샵으로 그 남자 얼굴과 캐릭터를 합성하는 방법이었지. 정말 푹 빠져있구나 싶더라.

하지만 둘이 사귀는 건 아니었어. 어쩌면 너의 그 소심한 성격 탓이었는지도 몰라. 그 남자가 널 어떻게 생각하는지 확신이 안 선다며 고백조차 못 했으니. 물론 난 그 남자가 널 사랑하지 않기 때문이라고 생각했지만 말이야.

같은 고향인 너와 그 남자는 그 해 여름방학에 드디어 만났어. 그날 밤 너는 나한테 전화를 해서 그 남자의 잘생긴 얼굴이 자꾸 떠올라서 잠이 안 온다고 했어. 난 그 남자가 변기통에 앉아 있는 모습이나 코 골며 자는 모습을 상상해 보라고 했지. 어쨌든 보기 흉한 모습을 떠올리다 보면 네가 잠드는 데 도움이 될까 해서. 결국 뜬눈으로 밤을 새운 너는 아침에 겨우 몸을 일으켜 컨실러로 다크서클을 가려야 했지만. 그렇게 처음 만났는데도 너와 그 남자는 어색함 하나 없이 오랜 친구처럼 편하다고 했지. 넌 방학 내내 그가 얼마나 잘생겼는지, 얼마나 밝고 좋은 사람인지, 또 굵은 팔뚝이 얼마나 멋진지 끊임없이 나에게 문자로 조잘댔어. 어디서 어떤 영화를 봤고, 밥은 무엇을 먹었는지도 빠짐없이 전했지.

마지막 문자에서 넌 그 남자와 피자를 먹는 중이라며 계산서는 네가 챙겼다고 했어. 그리곤 삼 일이 지나도록 아무 소식도 없었지. 전화도 해 봤는데 전원이 꺼져 있길래 사랑이 너무 깊어져서 방해받고 싶어 하지 않는다고 생각했어. 하지만 며칠 뒤 눈물범벅이 된 얼굴로 우리 집 문 앞에 서 있는 널 본 순간, 알아차렸지. 이미 끝났구나. 그 남자가 널 떠났구나.

피자를 먹었다고 한 그날 저녁, 용기를 내서 그에게 문자를 보냈다고 했지.

비밀 하나 알려줄까? 아무래도 나……
오빠를 좋아하게 된 것 같아……

이런 소심한 문자를. 그리고 한참이 지나서야 답장이 왔다고 했지.

난 그냥 너를 동생으로 좋아하는 건데…… 그리고 나 여자친구 있어. 여자친구 배신하고 싶지 않다.

소파에 기대 엉엉 우는 널 보고 있자니 내 마음이 다 아프더라. 어떤 감정인지 나도 어느 정도는 알 것 같아. 그 남자만 보이면 괜스레 말이 많아지고, 틈만 나면 그의 QQ 미니홈피에 들어가서 업데이트된 건 없나 살피고, 그와 사귀는 상상을 하는 것이 유일한 낙이 되어 버린…… 그렇게 '좋아한다'는 감정이 겹겹이 쌓이고 쌓여 '사랑한다'가 된 것이겠지. 그래서 뭐라고 답장했냐고 물었더니, 넌 날 잠시 바라보곤 이렇게 말했어.

그거 게임 벌칙으로 보낸 문자야. 신경 쓰지 마.

그런 말이 있잖아. 과거가 있었기에 오늘의 내가 있는 거라고. 작든 크든 과거의 그 일들은 네 기억 속에 어떤 흔적을 남겼어. 앞으로 일어

날 많은 일들, 슬픔일 수도 있고 근심일 수도 있고 또 화려한 비상이 될 수도 있는, 그 미래의 시작점은 네 과거 속 그 흔적들이야. 넌 그렇게 열아홉을 기점으로 길고 긴 짝사랑을 시작한 거야.

대부분의 남자가 그래. 주변 여자들과 연인인 듯 연인 아닌 애매한 관계를 유지하고 있지. 진짜 좋아하는 사람이 생기기 전에는 절대로 주변 여자들을 완벽하게 정리하지 않아. 여자의 관심과 사랑을 즐기는 거지. 외롭기도 하고, 또 자기들이 굉장히 잘난 줄 알거든. 그리고 더 많은 여자로부터 사랑받고 싶은 일종의 승부욕도 있고. 어떻게 보면 넌 남자들의 그런 성장 과정에서 희생양이 된 거라고도 할 수 있어. 사실 짝사랑을 하게 되는 이유는 좋아하는 사람 앞에서 자신을 너무 보잘것없게 생각하기 때문이야. 시작도 해 보지 않고 불가능할 거라고 생각해서 자신감을 잃는 거지.

그 남자가 널 좋아하지 않는다면, 네가 아무리 예쁘게 치장해도 소용없는 일이야. 네가 주는 사탕이 그 남자 입에는 전혀 달콤하지 않거든. 하루가 멀다 하고 보내는 '지금 뭐 해?', '어디야?' 같은 문자는 그저 스팸 문자로밖에 안 보일걸. 친해지고 싶어서 다가가면 그 마음을 읽어 주기보다는 자기가 잘났기 때문에 다들 자기를 좋아한다고 생각할 거야. 메신저 대화명에 그를 향한 감정을 올려도, 그 남자는 절대로 못 알아봐. 네가 아무리 울며 괴로워해도 그는 아무렇지도 않을 걸.

너에게 그는 인생의 전부이지만, 그에게 너는 몇 가지 선택사항 중 하나일 뿐이거든.

Z, 앞으로 네가 얼마나 더 많은 시간을 힘들어할지 난 알 것 같아. 그 사건 이후로 너는 그에게 더 이상 연락하지 않았고, 나와도 연락을 끊었지. 넌 점점 외로운 아이로 변해갔어. 얼마나 안쓰러웠는지 몰라. 마치 거대한 우주에서 홀로 힘겹게 빛을 내뿜고 있는 작은 별 같았지. 학

교 호숫가에서 널 본 적이 있어. 쪼그리고 앉아 축축하게 젖어 있는 땅을 멍하니 바라보고 있던 너. 난 그날 처음으로 네가 많이 말랐다고 생각했어.

그러고 보면 사랑은 달콤한 케이크처럼 우리를 살찌우기도 하지만 때로는 어떤 운동보다도 다이어트에 효과가 있는 것 같아. 네 룸메이트에게 들으니 점심도 식당에서 안 먹고 기숙사 방에 싸 들고 간다고 하더라. 그리고는 입에 대지도 않고 내내 모니터만 멍하니 바라보고 있다고. 그 남자랑 하던 게임은 차마 삭제하지도 못하면서 말이지. 그래, 잔뜩 기대했던 네 인생이 모두 엇나간 기분이었겠지. 특히 사랑에 있어서는 더더욱.

시간이 흘러 우리는 모두 졸업을 했고 나는 베이징으로 왔다. 친구에게 들었는데 그 남자는 방송국 PD가 됐다고 하더라. 허탈하더라고. 왜 나쁜 놈들은 늘 잘되는 걸까. 베이징에서 나는 일도 순조로웠고 이곳 생활에도 빠르게 적응해갔어. 그리고 웨이보에서 내 글이 인기를 얻게 된 후 네가 날 팔로우한 걸 봤고 바로 쪽지를 보냈지.

넌 일본 기업에 취직했고, 매일 9시에 출근하고 5시에 퇴근하며 특별히 새로 사귄 친구는 없다고 했어. 그나마 취미라면 외국 영화 감상 정도. 넌 어느새 내 주변에서 흔히 볼 수 있는 그런 여자아이가 되어 있

었지. 평범하고 단순하며 규칙적인 생활을 하는 그런 여자. 5년, 아니 10년 후의 모습까지도 한눈에 예측할 수 있는 그런 여자 말이야. 넌 미안하다고 했어. 그때 그 사랑이 너무나 힘들어서 우리 관계까지 소원하게 만들었다고. 내가 왜 널 원망하겠니. 그저, 그렇게 덤덤한 듯 웃는 너를 보니 역시 아직도 그를 잊지 못하고 있구나 싶었어. 정말 그때 그 감정에서 아직 빠져나오지 못하고 있는 거니?

너는 이렇게 대답했지. 상처가 생기면 흉터가 남는 법이라고. 잊을 만하면 아프고 또 잊을 만하면 아프다고.

다른 사람의 세상에 용감하게 뛰어들었던 아이가 이제는 도리어 남으로부터 입은 상처를 어루만지고 있구나. 나이가 들면서 점차 알게 되는 것 같아. 결국은 모두 나로 인해 생긴 일이라는 것을. 겁나고 가슴 조마조마했던 일들이 결국은 경험이 되고, 그 경험을 통해 무언가를 얻게 되고, 그렇게 얻은 일들은 또 결국 먼지가 되어 버린다는 사실을.

열렬히 사랑했던 그 감정이 전부 사라진다는 것은 그만큼 성숙해졌다는 거고 과거의 자신을 떠나보냈다는 의미야. 아직도 너는 한 번씩 그의 소식을 살피지? 그가 상처받지는 않았는지, 어떤 사람과 새로운 연애를 시작했는지. 네가 지금까지 연애를 하지 못한 건 시간이 더 필요해서일 수도 있고, 더 나은 사람을 기다리고 있기 때문일 수도 있어. 그 남자가 남기고 간 상처가 회복되어야 또 다른 사랑이 시작되겠지.

날 사랑하지 않는 사람을 사랑하는 시간들은 실연의 시간이나 마찬가지야. 다른 일로 기분 전환을 한다든가 개그 프로그램을 보는 것으로는 절대 치유되지 않아. 그건 일종의 기분 나쁜 수학 문제야. 시간으로만 계산할 수 있을 뿐, 더하기나 빼기 같은 연산으로는 절대로 풀 수 없지.

날 사랑하지 않는 사람을 사랑하는 것, 또 내가 사랑하지 않는 사람이 날 사랑하는 것. 이렇게 뜻대로 되지 않는 게 인생이야. 네가 사랑하는 그 사람은 너의 소중한 꿈과 닮았겠지. 그에게 보내는 너의 눈빛, 말 한마디는 모두 '내가 많이 좋아하고 있어'라는 뜻일 거야. 하지만 그의 차갑고 덤덤한 반응은 너에게 현실을 깨우쳐주지. 아무리 그 사람이 냉정하게 대해도 그를 사랑할 수밖에 없는 현실.

그를 사랑하지 않을 수 있니? 머리로는 할 수 있어도, 마음은 할 수 없잖아. 그러니까 그냥 마음껏 사랑해. 그 남자로 인해 또 상처를 입으면 그땐 다 버리고 너의 소중했던 감정만 남기렴. 이게 바로 '시간'이라는 수업이야. 이 수업이 끝나면 너는 한층 더 성장해 있을 거야.

나에게서 벗어나려고 하고, 나를 외면하려는 그의 모습마저 받아들

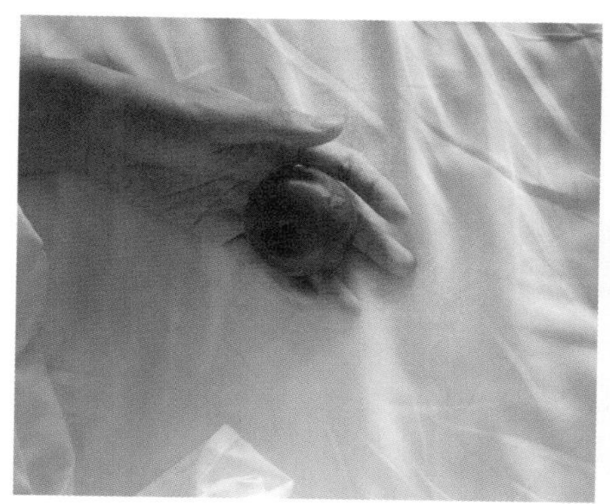

일 수 있는 것이 사랑이야. 그런 그를 위해 우리가 할 수 있는 것은 더 이상 그를 귀찮게 하지 않는 것뿐이지.

과거에만 머물 수는 없어. 과거를 그리워한다는 건 여전히 어리다는 의미야. 그 감정에서 벗어나야 더 넓은 세상을 볼 수 있어. 그 고된 여정이 끝나고 나면 예전에 상처 입었던 너는 더 이상 없을 거야. 그리고 더 멋진 네가 되어 있겠지.

Z, 너한테 이야기하지 않은 것이 있어. 그날 내게 보냈던 문자 기억하지? 피자를 먹고 계산은 네가 했다던 그 문자. 그때 넌 영수증을 지갑에 보관해 놓는다고 했어. 추억으로 남긴다고. 그런데 전에 폴라로이드 사진을 꺼내려고 네 지갑을 열었는데 그 영수증도 함께 빠져나온 거야. 펼쳐 보니 이제는 글자색이 다 바래서 그냥 백지가 되었더라.

'시간'은 이미 우리에게 답을 줬었나 보다.

그는 '당신이 원하는
조건의 사람'이 아니라
그냥 '당신이 좋아하는 사람'이다

story 02

나는 왜 그를 좋아하는가

청순함을 가장한
4차원 소녀
생수녀

있어 보이는 걸 좋아하는
속 빈 허풍쟁이
콜라남

외로운 솔로는 대개 두 가지 유형으로 나뉜다. 외모를 지나치게 따지거나, 원하는 이상형을 정해 놓고 그 범주 안에서만 찾는 유형. 어쨌든 잘난 사람이 먼저 채가는 게 사랑이기에, 연애할 만한 사람들은 이미 다 서로 만났을 테고, 결국 남은 솔로들은 갈수록 눈만 까다로워진다.

❄❄❄

생수녀와 콜라남은 견우와 직녀가 만난다는 칠석에 만났다. 온라인 소개팅 사이트의 '오늘 하루만 연인해요'라는 이벤트에 참석한 두 사람은 프로필 사진을 보고 마음에 들어 서로를 지목했고, 쇼핑몰 스마오텐제의 스카이 스크린 아래에서 만나기로 했다.

모태 솔로인 두 사람, 역시나 취향이 독특하다. 나이는 먹을 만큼 먹었는데도 여전히 소녀 취향인 생수녀는 아직도 예술가 느낌의 사람들에게 열광하고, 인터넷 쇼핑몰에서 파는 만 얼마짜리 걸리시girlish한 옷을 입고 다니며 화려한 표지에 제목이 열 글자 이상 되는 로맨스 소설을 좋아한다.

콜라남은 인생이 그냥 허세다. 셀카를 찍을 때마다 항상 명품 가방이 살짝 나오게 찍는데, 알고 보면 그 명품도 친구 것이거나 오픈마켓 타오바오에서 산 A급 짝퉁이다. 그리고 항상 자기 인간관계가 엄청나다고, 연예인 누구랑도 친하다고 허풍을 떤다. 그의 이야기를 듣고 있으면 마치 굉장한 부자인 것 같지만, 실은 얼굴보다 더 소박한 게 그의 주머니 사정이다. 여자와 데이트할 때도 절대 자기 지갑을 열지 않는다. 일일 커플 프로필에 콜라남은 화이트 셔츠를 입고 사슴뿔을 바라보고 있는 예술가 느낌의 사진을 올렸고, 생수녀는 파스텔 톤 남방을 입고 친구의 MCM 가방에 기대 있는 사진을 올렸다. 그러니 서로 마음에 들 수밖에.

하지만 만난 순간 이건 아니다 싶었다. 생수녀는 호피무늬 옷을 입고 테디베어 머리통이 달린 신발을 신은 저 남자가 사진 속 미소년이라는 사실을 믿을 수 없었다. 콜라남 역시 자기 눈앞에 서 있는 촌스러운 꽃무늬 원피스의 여자를 도저히 받아들일 수가 없었다.

마음에 안 든다는 눈으로 서로를 바라보던 두 사람은 없던 일로 하자는 말을 어떻게 꺼내야 할지 몰라 잠시 주저하고 있었다. 꽤나 많은 커플이 두 사람 옆을 지나갔고 갑자기 콜라남이 입을 열었다.

"어차피 여기까지 온 거, 다른 커플들에게 질 수는 없잖아요."

서로 얼마나 마음에 들지 않았는지, 두 사람은 종일 한마디도 하지 않고 오전에는 파리바게뜨에, 오후에는 스타벅스에 앉아서 각자 휴대폰만 갖고 놀았다. 지루한 시간이 흐르고 더 이상은 어렵겠다 싶어 그

만 헤어지려는데, 그때 한 커플이 다가와 아는 체를 했다. 남자는 콜라남의 동네 친구였고, 여자는 생수녀의 회사 동료였다. 회사 동료는 생수녀의 손을 잡고선 이렇게 말도 없이 연애하는 법이 어디에 있느냐고 종알거렸고, 동네 친구는 솔로 생활 청산을 축하한다며 손가락으로 콜라남의 어깨를 꾹꾹 찔러댔다. 그러더니 두 사람은 미리 말을 맞춘 것처럼 이렇게 만난 김에 다 같이 밥이나 먹으러 가자고 했다.

그렇게 생수녀와 콜라남은 찌엔궈먼(건국문)의 일식집까지 거의 끌려

가다시피 갔다. 메뉴판을 본 생수녀는 가격에 놀라서 가방을 들고 벌떡 일어났다. 콜라남이 잡는 통에 겨우 다시 자리에 앉은 그녀는 상대편의 커플을 힐끗 보더니 목소리를 높여 말했다.

"완전 맛있겠다! 이거 다 시키자!"

하지만 식사를 마친 뒤 계산서에 적힌 30만 원을 보고는 둘 다 말을 잃었다. 당황한 눈으로 저쪽 커플을 보니 저쪽은 남자가 호기롭게 카드를 긁고 있었다. 콜라남은 목소리를 낮춰 말했다.

"그쪽이 내요. 좋게 헤어집시다."

생수녀는 어이가 없다는 듯 말했다.

"미친! 내가 돈이 어디에 있어서?"

콜라남은 목소리를 더 낮춰서 말했다.

"얼마 있는데요? 그럼 각자 내요."

생수녀는 핸드백을 탁탁 치더니 말했다.

"4만 원이요. 카드는 안 갖고 왔고."

"뭐야, 데이트 나오면서 고작 4만 원밖에 안 갖고 나왔다고?"

물론, 이 말까지는 입 밖으로 꺼내지 못했다. 친구 커플이 저쪽에서 쳐다보고 있었기 때문이다. 결국 콜라남은 아무 일도 없다는 듯 신용카드를 꺼내 종업원에게 건넸다. 긁으라고, 마음껏 긁으라고. 카드 승인 문자를 보면서 이건 악몽이라며 괴로워하고 있는데, 친구 커플이 싼리툰에 가서 술까지 한잔하자는 것이 아닌가. 생수녀와 콜라남은 손사래를 치며 자기들은 할 일이 있어서 가 봐야 한다고 필사적으로 사양했다. 두 사람 정말 잘 어울린다는 덕담을 끝으로, 그렇게 일일 커플은 막을 내렸다.

왕자웨이(왕가위) 감독의 영화 중 이런 대사가 있다.

"사랑에도 타이밍이 있다. 너무 일찍 만나도, 너무 늦게 만나도 이루어질 수 없다. 만약 내가 그녀를 과거나 미래에 다른 장소에서 만났더라면, 우리 이야기의 결말은 달라졌을지도 모른다."

생수녀는 대학 4학년 때 온라인을 통해 뜨거운 사랑에 빠졌었다. 자신을 비행기 조종사라고 소개한 그 남자는 블로그에 글 쓰는 것이 취미라고 했다. '하늘 기차 기관사'라는 닉네임으로 그가 올리는 글은 늘 그녀의 마음을 울렸고, 블로그 배경 음악도 그녀가 좋아하는 감성적이고 촉촉한 곡들이었다. 생수녀는 그를 정말 사랑했다. 하지만 그는 어느 순간 사라졌고 아직까지 아무 소식이 없다.

콜라남의 연애사는 조금 더 충격적이다. 콜라남은 여자 덕을 보고 사는 것이 꿈이다. 하지만 그가 베이징 부잣집 딸들 눈에 찰 리 만무했으므로, 그는 자신의 미소년 외모를 살려서 기대주들을 공략했다. 박사 과정을 밟고 있는 여자나 프로그래머 같은 전문직 여자들을 중심으로 3년간 열 명을 넘게 사귀었다. 그러나 현재까지 사랑에 있어서 어떠한 수확도 없다.

그런데 일일 커플 사건이 있은 지 얼마 되지 않아 두 사람은 생각지

사랑에도 타이밍이 있다

못했던 홈메이트 생활을 하게 됐다. 사건의 자초지종은 이렇다. 그렇게 만나고 며칠 뒤 생수녀가 출근하고 있는데 갑자기 사람들이 그녀에게 몰려들었다. 어떤 학생들은 "꽃무늬 여자다!"라고 소리 지르며 같이 사진을 찍자고 했다. 겨우 도착한 회사에서도 사람들이 힐끔거리며 생수녀를 쳐다보는 것이다. 자리에 앉아 웨이보를 연 그녀는 놀라서 아무 말도 하지 못했다. 하룻밤 사이에 팔로워가 몇만 명으로 늘어났다. @도, 댓글도 모두 다섯 자리 숫자였다. RT된 글에는 대부분 #귀요미커플인기폭발#이라고 해시태그가 붙어 있었다. 사진을 클릭했다가 더 놀랐다. 그 많은 사람이 앞다투어 RT한 사진 속에는 꽃무늬 옷을 입은 그녀가 머리가 두 개는 더 달렸을 것 같은 호피무늬 옷의 남자를 사랑스러운 눈으로 올려다보고 있었다.

아마도 누군가 몰래 찍어 인터넷에 올린 모양이었다. 그나저나 사진이 정말 귀엽게 나오긴 했다.

악몽은 거기에서 끝나지 않았다. 유명세를 치르니 하루만에 인터뷰 요청이 들어왔고 TV 프로그램 섭외도 들어왔다. 심지어 어떤 영화 제작자는 쪽지를 보내와 두 사람의 스토리로 영화를 만들고 싶다고도 했다. 그녀는 머리가 깨질 것 같았다. 얼른 글을 올려서 사실이 아님을 밝혀야 한다고 생각했다. 하지만 연예인들마저 자기를 팔로잉한 것을 보니 순간적으로 눈이 멀어 그냥 모르는 척하자 싶었다.

사람들은 두 사람이 함께 나타나길 고대했다. 퇴근해서 밖으로 나오자 사람들의 시선이 느껴졌다. 사람들의 시선을 피하려 어느 베이커리에 들어갔는데, 때마침 그곳에는 그녀처럼 몸을 피하고 있는 콜라남이 있었다. 같이 앉아 이야기를 나누던 중 콜라남이 방세를 낼 때가 됐는데 못 내고 있다는 것을 알았고, 생수녀는 눈 딱 감고 시세보다 싸게 줄 테니 자기 집에 들어오라고 했다. 콜라남에게도, 생수녀에게도 손해 볼 것이 없는 윈윈 전략이었다.

함께 살게 된 뒤로 두 사람의 이야기는 더욱 흥미진진해졌다. 돈이 없는 것은 그렇다 쳐도 콜라남은 어울리지 않게 까다로운 남자였다. 큰일을 보면 무조건 샤워를 해야 했고, 집이 조금이라도 지저분한 꼴을 못 봤다. 어느 날은 거실에 놓인 생수녀의 장식 테이블을 다른 한쪽으로 옮겨놓더니 자기의 소파와 테이블을 그 자리로 옮겼다. 그러더니 한다는 말이 방값을 냈으니 자기에게도 거실의 반을 사용할 권리가 있다는 것이었다.

저녁에 방에서 조용히 책을 읽으려 하면 콜라남의 방에서는 R&B가 흘러나왔고, 은은한 향초를 피우고 잠을 좀 청해 볼까 할 때면 콜라남이 만드는 야식 냄새가 스물스물 방으로 들어왔다. 이렇듯 두 사람은 늘 부딪쳤다. 하지만 웨이보에는 연인인 척하며 사진을 올려야 했으므로 집을 나서면 달콤한 연인 연기를 했고, 그러다 보니 금방 다시 사이가 좋아지곤 했다. 그렇게 하루짜리 커플이 한 달, 두 달짜리 커플이 됐고, 그렇게 시간은 계속 흘러갔다.

이 '귀요미커플'의 인기는 날이 갈수록 높아졌다. 돈도 조금 벌었다.

일부 돈 많은 여자들은 콜라남에게 흑심을 품고 접근했고 그런 기회를 놓칠 콜라남이 아니었다. 그는 한 번씩 생수녀를 떼 놓고 혼자 사라지곤 했다. 그런 날이 몇 차례 반복되던 어느 날, 퇴근해서 돌아와 텅 빈 거실을 바라보던 생수녀는 문득 그가 보고 싶다는 생각이 들었다. 하지만 바로 고개를 저으며 '내가 미쳤나 봐' 하고 생각을 지웠다.

어느 날 콜라남이 술에 취해서는 생수녀에게 전화로 데리러 와달라고 했다. 그날 그녀는 난생처음으로 핫한 클럽이란 곳에 들어가 봤다. 조명은 눈이 부셨고 공기 중에 가득한 술 냄새는 너무 역겨웠지만, 그래도 꿋꿋하게 사람들을 헤치고 들어가서 가슴 큰 여자 옆에 기절해 있는 콜라남을 끌어내왔다.

토요일이라 그런지 길에 택시는 많았지만 안타깝게도 그들을 집에 데려다 줄 택시는 한 대도 없었다. 생수녀는 콜라남을 겨우 부축하고는 비틀거리며 걸었다. 콜라남은 횡설수설하며 말했다.

"아까 너한테 전화했는데 어떤 여자가 받는 거야. 그러더니 전화 잘못 걸었다고 계속 그러잖아. 그런데 갑자기 무서워졌다. 언젠가 너도 나한테 그러면 어떡하지? '전화 잘못 걸었는데요', 이러면 어떡해? 네가 분명히 올 줄 알았어. 와서 나 데리고 갈 줄 알았어. 맞지?"

그렇다. 대부분의 사랑 이야기처럼, 이 커플도 그날 이후 진짜 커플이 됐다. 만난 순간 전기가 통한 것도 아니고, 오래 함께 지내며 정이 든 것도 아니었지만, 자연스럽게 그렇게 됐다. 서로 다른 콜라와 생수일지라도 마시고 나면 몸속에서는 하나로 섞이듯이.

내 연인이 어떤 사람이어야 한다고 이상형을 만들어 놔도, 결국 내 손을 잡는 사람은 이상형과 다른 경우가 많다. 생긴 것은 어떻고, 키와 몸무게는 어떠하며, 백마를 탔는지, 어떤 재능이 있는지…… 그런데 정작 만난 순간에는 이런 것들이 하나도 중요하지 않다. 왜냐하면 그 사람은 '당신이 원하는 타입의 사람'이 아니라, 그냥 '당신이 좋아하는 사람'이기 때문이다.

어느 날 생수녀는 침대에 누워서 콜라남의 노트북으로 드라마를 보다가, 문득 생각이 나 블로그 페이지를 열었다. 그랬더니 바로 전에 로그인했던 블로그가 자동으로 떴다. 프로필 밑에 닉네임이 그녀 눈에 들어왔다.

'하늘 기차 기관사'. 가장 최근에 올린 포스팅은 일주일 전이었다. 그녀는 노트북을 덮으며 숨을 깊이 들이마셨다.

왕자웨이 감독은 이런 말도 했었다.

"세상의 모든 만남은 오랜 기다림 끝에 이루어진다."

혼자여도 괜찮아

먼저 자신을 멋진 사람으로 만들어 봐. 혼자여도 외롭지 않을 거야.

세상을 둘러 봐.
연애 말고도
즐거운 일이
얼마나 많은데…

불평하지 마.
원래 대부분의 일은
혼자 해야
한다고.

그에게
기회를 줘 봐.
운명의 짝일지도
모르잖아.

외모를 가꾸다 보면
네 마음을
보여줄 기회도
더 많아질 거야.

긍정 메시지로
가득 찬 책을
많이 보자.
能鼓励你的人只有自己

사랑을 믿어야,
사랑을
만나게 돼.

혼자 남으니까

내가 작아지는 게 아니라

세상이 커지는 것 같아

story 03

내가 기댈 곳은 '나'라는 섬

늘 누군가에게 기대서 사는
극작가 친구
의존남

/

인생은 항해와 같다. 살면서 우리는 넓은 바다를 떠다니며 무수한 섬을 만나고 또 지나친다. 그러다가 날 위해 존재하는 것만 같은 운명적인 섬을 발견하면 닻을 내리고 그 섬에 오른다. 그곳에서는 절벽에 걸터앉아 낚시를 해도 무섭지 않다. 작살 하나로 상어도 척척 잘 잡아낸다. 폭풍을 만나더라도 당황하지 않고 침착하게 밧줄을 잡아맨다. 우리는 알고 있다. 뒤돌아 섬 안쪽으로 도망치면 눈앞에 닥친 위험한 상황을 피할 수 있다는 것을. 그 섬은 바로, 우리가 의지하고 있는 그 사람이다.

"평생 못 고치는 병이 하나 있는데 바로 누군가에게 기대야 마음이 놓이는 거야."

❄❄❄

의존남, 다른 사람에게 의지하지 않고는 살 수 없다는 그. 예전부터 그의 말투는 다소곳한 여자처럼 차분했다. 어렸을 때는 여자가 주인공으로 나오는 사극에 푹 빠져서 주인공의 코스프레를 하기도 하고, 머리 장식을 따라 하기도 했다. 순정만화도 좋아해서 매달 잡지가 나오는 날마다 서점으로 달려가 여학생들의 잡지 쟁탈전에 끼곤 했는데,

곱게 모셔 놓은 잡지 부록만 해도 큰 박스로 두 박스는 됐다. 남학생들과 운동장에서 공 차는 일은 없어도 여학생들과의 드라마 수다에는 절대 빠지지 않았다. 대부분의 친구들은 그가 동성애자가 될 거라고 확신했다. 그러니 대학 4년 간 무려 여덟 명의 여자와 사귀는 그의 모습에 친구들은 당황할 수밖에 없었다. 그러나 안타깝게도 의존적 성격을 오래 견디는 여자는 없었다.

내가 극작가로 일하는 의존남을 처음 만난 건 베이징에 와서 전문가로 구성된 모임에서였다. 이 모임에는 규칙이 하나 있었다. 모임 내 연애 금지. 아무리 굶주린 솔로들이라 하더라도 우리끼리는 사귀지 말자, 우정을 지키자는 취지였다.

하지만 그가 이 규칙을 깼다.

상대 여자는 회계사였는데 같은 동네에 살면서 꽤 가깝게 지냈다. 그런데 언제부턴가 그녀는 웨이보에 샌드위치, 달걀 프라이, 시리얼과 같은 아침 식사 사진을 올리기 시작했고, 그도 비슷한 시점부터 자주 사모예드 사진을 올렸다. 우리는 그저 그녀가 최근 가사도우미를 고용했나 생각했고, 의존남은 그녀가 키우는 강아지와 비슷하게 생긴 강아지를 들였나 생각했다. 그런데 아뿔사 알고 보니 그가 매일 아침 6시에 그녀의 집으로 가서 그녀의 사모예드를 산책시킨 후, 아침 식사까지 만들어 주고 있었던 것이다. 두 사람이 사귀는 건 아니었다. 그녀에게는 좋아하는 사람이 따로 있었고 의존남 혼자 그녀를 따라다니는 거였다. 그에게 그녀와 무슨 관계인지 물은 적이 있는데 그는 이런 모호한 대답을 했었다.

"어쩌면 나는 그녀를 좋아하는 게 아니라 그녀와 함께 있을 때의 그 기분을 좋아하는 것일지도 몰라."

나중에 남자친구가 생긴 그녀는 의존남을 헌신짝 버리듯 내쳤다. 그리고 점차 우리 모임에서도 멀어져 갔다. 생각보다 그는 힘들어하지 않았다. 단지 아침 6시만 되면 습관적으로 그녀의 집으로 향했고, 문을 두드리려는 순간이 되서야 그녀가 이미 떠나고 없다는 사실이 떠올라 당황하곤 했을 뿐이다.

그에게는 그녀 말고도 마음속에서 떠나 보낸 또 한 사람이 있었다. 도박에 빠져 사는 엄마. 도박을 좋아했던 엄마는 매일 퇴근 후 도박판이 벌어지는 근처 찻집에 틀어박혀 있었고 나중에는 다니던 회사까지 그만두었다. 밤마다 온몸 가득 담배 냄새를 몰고 와서는 돈을 달라고 아빠를 괴롭혔고 그 때문에 싸우기도 정말 많이 싸웠다. 견디다 못한 아빠는 그가 초등학교 3학년 때 결국 엄마와 이혼했고 그 후 엄마는 자취를 감췄다. 그런데 그가 대학에 들어가 칼럼을 쓰며 원고료를 벌기 시작했을 때 엄마가 나타났다. 엄마는 기숙사에 가는 그의 앞을 가로막고 돈을 달라는 말만 반복했다. 오랜만에 만난 아들에게 반갑다는 말도 없이. 그렇게 그는 엄마에 대한 정을 떼어내기 시작했다. 그의 의존적인 성격은 이런 애정결핍 때문이리라.

실제로 그가 사귀었던 여덟 명의 여자 중 정말로 사랑해서 사귄 여자는 두세 명밖에 없었다. 나머지는 외로워서 그냥 만난 여자들이었다. 그는 혼자서는 아무것도 하지 못하고 늘 누군가가 반드시 옆에 있어 줘야 했다. 마치 화장실에 갈 때도 꼭 붙어 다니는 여자아이들처럼.

회계사와 그렇게 끝난 후 그는 살던 동네를 떠나고 싶어 했다. 우리 모임에서도 몇 차례 이사 이야기를 꺼내더니 마침 이사를 준비하던 K와 같이 살기로 했다. 옆 동에는 모임 친구 중 포털 사이트의 편집자로 일하는 친구도 살고 있었다. 그녀는 화려한 언변과 요리 솜씨를 갖춘 매력적인 여자였다. 그는 K를 끌고 자주 그녀 집에 가서 밥도 얻어먹고 기분전환도 했다. 언젠가 의존남은 우리 앞에서 여자에게 매력을 어필하는 방법에 대해 한바탕 강연을 했는데 우리는 그가 K와 함께 살기로 한 게 근처 동네에 사는 그 여자 때문일 거라고 추측했다.

알고 보니 그것은 사실이었다. 하지만 쓰라린 경험이 있었기에 이번에는 신중했다. 의존남은 그녀가 자기를 좋은 친구 정도로만 생각한다는 것을 알기에 차마 더 가까이 갈 수가 없었다. 그냥 친구로서 그녀에게 기댔고 친구로서 그녀에게 잘해 줬다. 그 정도만으로도 충분하다고 생각했다. 한번은 그녀가 의존남에게 기사 쓰는 것을 도와달라고 했다. 탈고 후 기분이 좋아진 두 사람은 친구 K까지 불러 분위기 좋은 바에서 술을 마셨다. 분위기에 취해 술을 마음껏 마시고 돌아왔는데 의존남은 왠지 마음이 허했다. 홀로 침대에 누워 있으니 시계 초침 소리만 나직이 들렸다. 가만히 눈을 감자 술기운 때문인지 그녀의 모습이 떠올랐다. 옆 동으로 달려가고 싶은 충동이 일었지만, 잘 참아내고 대신 문자를 보냈다. 감정을 최대한 억누르고, 따뜻하게.

"보고 싶어."

하지만 그 뒤에 벌어진 일은 모두의 예상을 빗나갔다.

그녀의 생일 밤, 의존남은 그녀와 K와 함께 먹을 만두를 찌고 있었다. 그런데 그가 한껏 업된 기분으로 주방에서 사랑의 야식을 준비하고 있는 동안, 그녀와 K는 방에서 몰래 키스를 하고 있었다. 나중에야 두 사람이 사귄다는 사실을 알게 된 그는 나에게 연락을 해서는 한참을 울었다. 나는 그런 그가 너무 답답했다.

"다 큰 남자애가 기댈 사람이 없다고 그렇게 우냐? 못나게 좀 굴지 마."

그는 흐느껴 울며 말했다.

"좋아하는 사람에게는 잘해 주고만 싶은데 그게 그렇게 잘못인 걸까?"

그 질문에 대한 대답을 당시에는 할 수가 없었다. 하지만 시간이 흐르며 나는 이 문제의 원인이 어디에 있는지 알게 됐다.

의지한다는 것은 상대방에게 구속된다는 의미이기도 하다. 의지나 구속과 같은 감정은 사람을 약하게 만든다. 의존남은 충분히 혼자 할 수 있는 일에도 꼭 누군가 함께하길 원한다. 그가 그토록 다른 사람에게 의지하는 것은 그 사람이 좋아서라기보다는 누군가와 함께 밥 먹고 영화 보고 통화하는 그 느낌이 좋기 때문이다. 그 사람이 떠나면 또 다음 사람을 만나서 공허함을 달래면 그만이다. 사람 사이의 관계에서

사람 사이의 관계에서 가장 중요한 것이 '나'라는 사실을 깨닫지 못하는 이상
그는 영원히 그저 자기에게 안정감을 주는 사람만 만나게 될 것이다

가장 중요한 것이 '나'라는 사실을 깨닫지 못하는 이상 그는 영원히 그저 자기에게 안정감을 주는 사람만 만나게 될 것이다.

그는 더 이상은 두 사람 사이에 눈치 없이 끼어 있고 싶지 않다며 무슨 방법이 없겠느냐고 물었다. 나는 그들에게서 잠시 떠나 있는 게 좋겠다며 배낭여행을 추천했다. 베트남에 도착한 첫날, 그는 호텔방에 앉아 내게 문자로 SOS를 쳤다. 말이 안 통해서 혼자 어딜 가야 할지 모르겠다는 것이다. 난 바로 전화를 했다.

"옛날에 코스프레 같은 거 잘하고 다녔다며! 그때의 용기를 다시 한 번 꺼내 봐!"

내 말에 그는 씩씩거리며 전화를 끊어 버렸고, 신기하게도 한동안 소식이 없었다.

한 달 후 우리는 여행에서 돌아온 그를 위해 웰컴파티를 열었다. 그는 여러 나라에서 경험한 신기한 일들을 들려줬다. 나는 그가 어떻게 혼자 다녔는지 궁금했다. 그는 이렇게 말했다.

"아는 사람도 하나 없는데 혼자서 어떻게든 해 봐야지 어쩌겠어. 혼자 밥 먹고, 쇼핑하고, 수영하고, 술 마시다 보니까 희한하게 이런 생각이 들었어. 혼자 있으면 내가 작아질 것 같았는데, 오히려 세상이 커지는 것 같더라."

얼마 뒤 그는 극작가 연합을 만들었다. 그렇게 만들어진 인맥을 통해 지금은 일이 끊이지 않고 들어온다고 한다. 얼마나 바쁜지 우리 모임에도 못 나올 때가 많다. 이제 그는 다른 사람이 아닌 자신을 중심으로 산다. 열심히 일해서 돈 버는 것을 첫 번째 목표로 삼고, 자신에게 더 충실하고자 노력하고 있다.

그가 여행에서 얻은 것은 이뿐이 아니었다. 그는 귀국 하루 전 파타야에서 뉴질랜드 화교를 만났다. 두 사람은 말이 잘 통해서 금방 친구가 됐고, 앞으로 자기 인생을 위해 열심히 살자고 서로 약속했다. 그리고 걱정을 안 할 수가 없는 장거리 커플의 길을 걷게 됐다.

어쨌든 나는 그가 독립적으로 변했다고 본다. 최소한 이제는 하루가 멀다 하고 뉴질랜드로 날아가겠다는 야단법석을 피우지 않으니까.

인생에는 늘 변수가 존재한다. 지금 내 곁에 있는 누군가가, 내 손에 있는 무언가가 1년 후에도 여전히 내게 있을 거라고는 장담할 수 없다. 우리가 안심하고 기댈 수 있는 존재는 우리 자신뿐이다. 눈을 감고 가만히 생각해 보자. 여러분이 찾고 있는 섬도 이미 여러분의 가슴 속에 존재하고 있다.

이 세상의 모든 노력은

간절함과 뜨거움에서 온다

story 04

꾸준하다는 것 좋아하기에 가능한 것

꿈과 사랑을 위해
열정을 다하는 디자이너
아켄

/

언젠가 유명한 제작사 사장님과 친구의 식사자리에 함께한 적이 있다. 사장님은 최근에 미국에 다녀온 이야기를 하시며 열심히 일해서 자유의 나라 미국을 꼭 한번 가보라고 하셨다. 시간이 흘러 사장님은 같이 만나기로 한 친구가 늦는다는 말을 듣고는 찻잔에 물을 따르며 아주 흥미로운 이야기를 이어갔다.

"누구나 가슴속에 우주를 품고 있지."

❄❄❄

아켄의 영화 같은 이야기는 그가 청두로 오면서 시작된다. 대륙에 대한 로망이 있던 그는 명문인 홍콩대학교를 졸업한 뒤 대기업들의 입사 제안을 모두 뿌리치고 청두로 왔다. 장이머우(장예모) 감독이 그랬지 않나. 한번 발을 들이면 떠날 수 없는 도시가 바로 청두라고. 장이머우 감독의 영향을 받은 아켄은 이 매력적인 도시에 각별한 애정이 있었다.

청두에 올라와서 몇 년은 부모님이 주신 돈으로 먹고 놀며 관광객 신분을 마음껏 누렸다. 그는 유난히 훠궈를 좋아해서 이틀에 한 번 꼴로 먹었는데 언제나 가장 매운맛으로 먹어서 입술이 벌겋게 퉁퉁 붓곤 했다. 그는 온몸이 땀으로 젖어야 제대로 먹은 것 같다고 했다. 아켄은 청두식 마작에도 푹 빠졌다. 청두의 마작은 '혈전'이라고도 불리는데 네 명이 시작해서 최후의 한 명이 남을 때까지 하는 마치 혈투와 같은 방식이 마음에 든다고 했다. 이렇듯 청두를 사랑하다 보니, 청두에 온 지 얼마 되지 않아서 많은 친구를 사귀었다.

청두 생활 3년 차, 집에서 가져온 돈을 다 쓰고 나니 각자 자기 위치에서 바쁘게 살고 있는 친구들이 보였다. 달콤한 꿈에서 깨어나 정신이 번쩍 든 아켄은 그제야 앞으로 어떻게 살아갈지 고민하기 시작했다. 하지만 표준어가 완벽하지 않은 홍콩인이 대륙에서 취업하기란 쉽지 않았다. 그는 몇 차례나 고배를 마신 끝에 디자인 전공을 살려서 웨딩드레스 숍 디자이너로 일을 시작했다.

2년이란 시간이 번개처럼 흘러갔다. 수습으로 시작했던 아켄은 이제 직접 디자인도 했다. 겉으로는 모든 게 순조로워 보였지만 실상은 그렇지 않았다. 규모가 큰 숍도 아니고 매출도 높지 않았는데 자기에게 들어온 주문을 한 번씩 친한 여자 디자이너에게 넘겨야 할 때도 있었다. 월급은 세금을 떼고 나면 겨우 입에 풀칠할 정도였지만 가족에게는 외국 기업에 취직해서 아주 잘 지낸다고 거짓말을 했다. 저축은 고사하고 신용카드 두 장으로 돌려막기 하며 간신히 생활을 이어 나갔다. 돈 아끼느라 친구들과의 술자리나 여행에도 참석하지 않다 보니 친구도 점점 줄어들었다. 퇴근 후 집에 틀어박혀 하릴없이 인터넷을 뒤적거리거나 블로그에 글을 올리는 게 유일한 취미였다.

쓰촨 대지진 직전 아켄은 금액이 꽤 큰 주문을 하나 받았다. 부잣집 딸이면서 아켄의 오랜 블로그 이웃인 그녀는 자신의 결혼식에 입을 드레스 디자이너로 아켄을 직접 지목했다. 그녀는 첫 미팅을 명품 백화점의 스카이라운지로 예약했고, 고객 수준에 맞추기 위해 그날만큼은 아켄도 한껏 차려입고 미팅 장소에 갔다.

그녀를 처음 봤을 때 아켄은 그녀의 완벽한 몸매에 넋을 잃었는데, 그 순간 지진이 발생했다. 땅은 요동쳤고 하늘은 순식간에 어두워졌다. 사람들은 모두 혼비백산했다. 스카이라운지는 비명 소리와 그릇 깨지는 소리가 뒤섞여 아수라장이 됐다. 아켄은 그녀를 잡아끌고 비상구를 향해 뛰었다. 그녀는 놀라서 울며 소리를 질렀고 아켄은 그녀를 어깨에 둘러멨다. 좁은 비상계단은 끊임없이 흔들렸고 천장에서는 가루가 떨어졌다. 상상할 수 없는 공포가 그들을 덮쳤다.

두 사람은 무사히 거리로 나왔다. 거리는 여기저기에서 뛰쳐나온 사람들로 가득했다. 여자는 제대로 서 있지도 못하고 아켄에게 온몸을 의지한 채 바들바들 떨었다.

그날 이후 아켄과 사랑에 빠진 여자는 파혼을 결심했다. 하지만 여자 쪽 부모는 아켄을 마음에 들어 하지 않았고, 그의 직업을 알고 나서는 더욱 색안경을 끼고 바라봤다. 그들의 사랑에 대해 부모는 항상 안 된다는 말만 되풀이했다.

한동안 여진이 계속되며 도시 전체가 불안에 떨었다. 그러던 중 아켄은 엄마와 통화하다가 무심결에 웨딩드레스 숍에서 일하는 걸 말해 버렸다. 가족들은 반대하며 그에게 이직을 권유했다. 사랑 문제에 가족 문제까지 겹치며 아켄은 그간 한 번도 겪어 보지 못한 방황을 하게 됐다. 하지만 다행히도 그녀는 주변에 휘둘리지 않는 스타일이어서, 부모 몰래 아켄의 숍에 와서 힘을 불어넣어 줬다. 그런 그녀의 모습에 힘을 얻은 아켄은 다시 마음을 다잡고 그녀의 집으로 찾아갔고 그녀의 부모에게 자신에게 일 년의 시간을 달라고, 그때까지 성공하지 못한다면 포기하겠노라고 선언했다.

사실 이런 용기가 오로지 여자 때문에 생긴 것은 아니었다. 그에게

는 디자이너로서 언젠가는 이름을 날릴 거라는 믿음이 있었다. 그는 우연히 장이머우 감독의 인터뷰를 본 적이 있다. 영화 〈인생〉 촬영 당시 감독은 남자 주인공과 대본에 대해 새벽 서너 시까지 이야기를 나누곤 했는데, 남자 주인공이 견디다 못해 잠들어 버리면 깨어 있는 스태프 중 아무나 붙잡고 끝까지 이야기했다고 한다. 장이머우 감독과 일해 본 사람들은 한결같이 그를 에너지가 철철 넘치는 분이라고 말한다. 이에 답하듯 그는 이렇게 말한다. 촬영장에 들어서기만 하면 일종의 '흥분'과 '기대감' 같은 게 피어 오른다고.

'기대감'은 어떤 일을 할 때 굉장히 큰 원동력이 된다. 아침 일찍 일어나는 사람은 커튼을 젖혔을 때 보이는 파란 하늘과 하얀 구름에 말로 표현할 수 없는 설렘을 느낀다. 요리사는 자신의 요리를 정신없이 맛있게 먹는 손님을 볼 때 이루 말할 수 없이 뿌듯하다. 훌륭한 모델을 마주한 포토그래퍼는 모든 촬영이 끝난 후에야 비로소 온몸이 땀에 젖

아침 일찍 일어나는 사람은 커튼을 젖혔을 때 보이는
파란 하늘과 하얀 구름에 말로 표현할 수 없는 설렘을 느낀다

었다는 것을 발견하고 만족한다.

아켄 역시 이런 마음가짐으로 반년 만에 디자인과 사랑에 빠졌다. 그리고 불과 몇 개월 만에 한 민간 디자이너 팀으로부터 초청받아 이사 자리에 앉으며 베이징과 청두를 수시로 날아다녔다. 거기에 홍콩 출신이라는 장점까지 더해져서 글로벌한 드레스를 입고 싶은 대륙 고객들의 주문도 끊이질 않았다. 아켄은 말 그대로 돈을 긁어모았다.

이 정도 이뤄냈으니 이제 그녀의 부모님께 허락을 받아야겠다고 생각하려는 찰나에 그녀가 이민 소식을 전했다. 이미 돌이킬 수 없음을 깨달은 그는 굳이 만류하지 않았다. 공항에서 작별 인사를 하며 그녀는 그의 목을 감싸 안고 어깨를 꽉 물었다. 그리곤 자기를 잊으라고 했다. 아켄은 아무 말도 하지 않았다. 그저 그녀의 등을 가볍게 두드릴 뿐이었다. 괜찮으니 걱정하지 말라는 듯이.

어느덧 청두는 여름으로 들어섰다. 도시의 움직임은 느려졌고 느긋해졌으며 한적한 기운마저 돌았다. 하지만 대지진 후 쓰촨은 파란 하늘을 보기 어려웠다. 그녀가 떠난 뒤 아켄은 종종 그녀와 처음 만났던 스카이라운지에 갔다. 거기에 앉아 그녀를 메고 뛰어 내려가던 장면을 떠올리면 웃음도 나고 힘도 났다.

두 사람은 휴대폰으로 다시 연락을 이어갔다. 정 못 참겠다 싶을 땐 그가 미국으로 날아갔다. 일부러 문자에 답장도 하지 않고 헤어지자는 말만 반복하던 그녀도 그를 만나다 보니 좀처럼 그에게서 벗어나지 못

했다. 그러길 몇 차례, 그녀의 부모도 두 사람의 만남을 암묵적으로 인정하게 되었다.

그런데 연말에, 갑자기 그녀가 약혼을 했다는 청천벽력같은 말을 했다. 자기가 먼저 그 남자를 사랑하게 됐으며, 이번에는 파혼하지 않을 거고 어느 누구도 방해할 수 없다고 단호하게 말했다. 믿을 수 없었던 아켄은 바로 미국으로 날아갔다. 하지만 공항에서 그를 기다리는 사람은 벤틀리Bentley에 앉아 있는 그녀의 약혼자였다. 약혼자는 매우 친절한 태도로 자기가 운영하는 제약회사를 구경시켜줬고, 그곳에서 가장 비싼 음식도 대접했다. 그러고는 그녀를 평생 사랑하겠다고 그에게 말했다. 약혼자를 만나는 동안 아켄의 가슴은 시종일관 철렁거렸다. 그는 사색이 된 얼굴로 조용히 돌아오는 비행기를 탔다.

그녀는 결혼 후 남편의 대마초 흡연 문제로 자주 싸웠다. 몇 차례 아켄에게 연락을 했지만 없는 번호라는 안내 음성만 나왔다. 각종 메신저의 프로필 사진도 하얗거나 까맣기만 했다. 그의 친구들에게 연락해 봤지만 모두 소식을 모른다고만 했다. 그 후 남편의 제약회사는 마약 제조 혐의로 경찰 조사를 받았고 설상가상으로 배후에 있는 국제 마약 네트워크의 대표가 남편이라는 사실까지 드러났다. 그녀는 자신의 결백이 증명되자마자 이혼을 하고 가족과 함께 뉴저지의 작은 도시로 이사했다. 그들의 이야기는 여기에서 잠시 마침표를 찍었다.

❄❄❄

사장님은 이쪽으로 걸어오는 한 남자를 향해 손을 들었다. 트렌치코트를 입은 남자가 자리에 앉는 순간 나는 깜짝 놀랐다. 그는 다름 아닌 최고의 영화 제작자로 뉴스에 자주 오르내리는 분이었다. 사장님은 우리에게 그를 소개했다. 영화 투자자이고 자신의 패션 브랜드도 갖고 있는 분이라고. 우리는 옆 테이블에 앉아 그들의 이야기를 엿들었다. 그는 해외 물류를 담당할 직원 및 미국 영주권에 대해 얘기하고 있었다. 보아하니 이민을 준비 중인 것 같았다. 사장님은 농담하듯 말했다.

"끝까지 포기하지 않더니 결국 가긴 가는구나!"

사장님은 자리에서 일어나며 우리를 향해 작은 소리로 말했다.

"저 친구가 바로 아켄이야."

그날 밤 나는 잠을 이룰 수가 없었다. 자취를 감춘 2년간 아켄은 분명 엄청난 노력을 했을 것이다. 몇 년 전 드레스 디자인에 몰두했던 때와 같이. 더 멋진 사람이 되어 그녀에게 가기 위해서 말이다.

지금 이 순간이 힘들고 미래도 불투명하다면, 그건 변하기 위해 노력하지 않았던 나 때문이고, 수년간 고쳐보려고 시도조차 하지 않았던 나쁜 습관 때문일 것이다. 현재 뭔가를 위해 꾸준히 노력하지 않는다면 인생에 책임을 져야 할 시기가 왔을 때 자기 자신에게 미안해 질지도 모른다.

나는 아켄이 뉴저지로 가서 그녀를 만날 거라고 믿는다. 하늘은 용감한 사람에게 가장 큰 선물을 준다. 분명히 하늘은 두 사람에게 만남과 이별을 반복한 지난 몇 년의 시간을 보상해 줄 것이다.

어려움이 닥쳤을 때 혹시 너무 쉽게 포기하지는 않는가? 포기하기는 쉽지만 포기하면 어떤 것도 얻을 수 없다. 포기해야 할 이유를 너무 많이 만들지 말자. 아켄의 경우처럼 노력은 때로 기적을 만들어 낸다. 이 세상의 모든 노력은 간절함과 뜨거움에서 온다. 다시 만나는 그날, 여러분과 나 모두 지금보다 더 나은 삶을 살고 있길 바란다.

떠난 뒤에야

소중함을 알게 되지

story 05

인생에서 떠나보내기 싫은 몇 가지

뭐든 아까워 못 버리는 남자

삼촌

살면서 참 많은 것을 손에 넣는다. 하지만 옷장과 서랍에, 그리고 우리 마음의 공간에 담고 싶은 것을 무한정으로 담을 수는 없다. 그래서 공간을 비우는 작업도 필요하다. 하지만 어떤 이들은 해진 옷과 못 쓰게 된 물건을 차마 버리지 못하고, 마음속에 간직한 사람을 떨쳐내지 못한다.

"물건이나 사람이나 매한가지더라. 오래 곁에 두면 좋았던 마음도 변질되지."

❄❄❄

나는 네 살 때 삼촌을 따라서 청두로 왔다. 시골에서 살던 나는 태어나서 처음으로 부모님과 떨어져 대도시를 구경했다. 삼촌의 회사에서 준비해 준 집은 정말 멋졌고 문 앞에는 이름 모를 꽃이 빼곡히 놓여 있었다. 나는 잔뜩 신이 나서 대리석 바닥을 마구마구 굴러다녔다. 창틀에 기대 하늘을 바라보고 있자니 구름이 꼭 손에 닿을 것 같았고, 어디선가 향기도 나는 것 같았다.

천성이 예술가인 삼촌은 글씨를 참 잘 썼다. 버려진 두꺼운 종이를 모아다가 공책으로 묶어 직접 글자를 써서 단어장을 만들어 줬는데,

그 덕분에 나는 초등학교 입학할 때 쓸 줄 아는 단어가 몇백 개는 됐다. 그리고 삼촌의 책상 유리에는 호랑이 그림이 끼워져 있었는데, 달력에서 오려낸 것인 줄 알았더니 삼촌이 직접 그린 것이었다. 그림 그리는 걸 배워본 적은 없지만 호랑이의 털 한 가닥 한 가닥을 얼마나 섬세하게 표현했는지 감탄이 절로 나올 정도였다. 삼촌은 열 살까지 내 머리를 손수 이발해 줬고, 교과서 커버도 늘 직접 싸 줬다. 햄스터 우리도, 고장 난 자전거와 전등도 모두 삼촌의 손을 거쳤다. 삼촌은 마치 살아있는 도라에몽 같았다.

삼촌과 단둘이 살때 우리에게는 끈끈한 무언가가 있었다. 내가 밤에 이불에다 실례하면 삼촌이 그 이불을 빨아 줬고, 아침마다 날 끌고 나가 함께 조깅을 했다. 숙제를 봐 주고 모기 물린 자리에는 침도 발라 줬다. 또 함께 TV를 볼 때면 옆에서 내 등을 긁어 줬고, 밥 먹자고 부르는 목소리에는 늘 애정이 가득했다.

삼촌은 나를 다소 과잉보호하며 키웠다. 내가 바깥에서 음식을 사 먹는 것을 별로 좋아하지 않아서 무슨 음식을 사 먹고 왔노라고 이야기하면 늘 기억해 뒀다가 어떻게든 그 음식을 배워서 만들어 줬다. 그래서 나는 어릴 때부터 기름지고 열량이 높은 음식을 많이 먹었다. 초등학교 졸업하며 외모에 민감한 시기가 왔을 때 난 뚱뚱한 몸과 연관된 각종 별명을 얻었고, 그제서야 고열량 음식의 폐해를 깨달았다.

그러나 중2 때 부모님이 청두에 집을 사서 올라오시자 자연스레 삼촌과 헤어지게 됐다. 부모님 댁으로 옮기던 날, 삼촌은 침대 밑에서 상자 하나를 꺼내 아버지께 드렸다. 그 안에는 내가 어릴 때 갖고 놀던 장난감과 오래된 옷이 한가득 있었다. 나는 그런 쓸데없는 물건은 그냥 다 버리라고 했지만 삼촌은 도리어 상자를 뺏어 들며 말했다.

"그럼 내가 대신 보관해 주마. 나중에 커서 보면 이게 다 추억인데……."

삼촌이 아까워서 버리지 못하거나 아끼는 것은 그것뿐이 아니었다. 내가 어릴 때 쓰던 단어장은 베개 밑에 보관했고, 수년간 내 머리를 이발해 준 면도칼도 버리지 못하고 보관해 뒀다. 중학생이 되고부터는 미용실에 가서 머리를 깎았는데, 매번 머리를 이상하게 깎았다며 엄마에게 핀잔을 줘서 삼촌이랑 말다툼한 적도 많다. 부모님이 차를 산 후 함께 교외로 바람 쐬러 나가자 할 때마다 삼촌은 기름이 아깝다며 그냥 집에 있겠다고 했다. 매번 나에게 그 많은 음식을 만들어 주면서도 본인은 아까워서 젓가락도 대지 않을 때가 많았고, 내가 크고 작은 잘못을 저질렀을 때도 삼촌은 화 한 번 내지 않았다.

고3 한 해는 암흑 속에서 고군분투하던 시기이다. 나는 하루에 다섯 시간도 채 못 잤다. 삼촌은 엄마가 나를 잘 챙겨 주지 못할까 싶어 매일 아침마다 몇 킬로미터를 걸어와서 손수 아침밥을 지어 줬다. 그냥 우리 집에서 주무시라고 해도, 차로 모시러 가겠다고 해도, 삼촌은 아침 운동하는 셈 치면 되니 이 정도 거리는 거뜬하다며 거절했다.

모의고사 성적이 나오자 위기감이 엄습했고 나는 스트레스 때문에 엄청나게 예민해졌다. 의자에 앉아 볼록 튀어나온 뱃살을 내려보고 있자니 참을 수 없을 만큼 짜증이 났다. 하필 그 순간 삼촌이 직접 만들었다면서 그릇 가득 만두를 담아 왔다. 나는 삼촌을 향해 소리를 질렀다. 내가 이렇게 뚱뚱해진 건 다 삼촌 때문이라고, 먹기 싫다는데 왜 자꾸 뭘 먹이느냐고, 아무도 이런 돼지는 안 좋아한다고, 하나님도 나 같은 돼지에게는 어떤 기회도 안 주실 거라고…… 놀란 삼촌은 그 길로 집으로 돌아가 일주일이나 나타나지 않았다. 괜히 삼촌에게 화풀이 한 나 자신이 싫었지만 그 순간에는 정말 화를 누를 수 없었다. 삼촌을 못 본 그 며칠 동안 얼마나 울었는지 모른다. 평생 흘릴 눈물을 그때 다 흘린 것 같다.

며칠 후 친구 할아버지의 장례식에 갔는데, 할아버지가 누워 계신 유리관 주위에 빙 둘러서서 묵념하는 조문객들을 보는 순간 덜컥 겁이

났다. 나는 그 길로 삼촌에게 달려가 잘못을 빌었다.

드디어 대입 시험이 끝났다. 성적은 그럭저럭 괜찮았다. 어느 학교에 지원할지 의논할 때 가족들은 계속 청두에 남는 것을 바랐지만 유일하게 삼촌만은 베이징으로 가라고 했다. 지원서 제출 직전 삼촌은 다시 한 번 내게 와서 베이징에 가야 네 꿈을 실현할 수 있을 거라고 진지하게 조언했다. 삼촌이 젊을 때 베이징에서 파견생활을 했었는데 가족들의 거주지 문제로 다시 돌아올 수밖에 없었지만 그곳에서의 생활도 사업도 정말 좋았다고 한다.

당시 이런저런 일로 마음이 상해 있던 나는 괜스레 소리를 질렀다.

"애처로워서 날 베이징까지 어떻게 보내려고?"

그러자 삼촌은 이렇게 대답했다.

"당연히 애처롭지. 하지만 어쩔 수 없잖냐. 네 인생에 빚을 진 것 같은 기분이다. 널 너무 여자애처럼 키우고 과잉보호해서. 네가 날 원망

잃고 나야 비로소 소중한 것이 어떤 것인지 알게 된다

한다는 것도 다 안다. 그러니 가라. 가서 견문을 넓히거라."

나는 더 이상 아무 말도 하지 못하고 삼촌을 끌어안고 엉엉 울었다. 스스로가 얼마나 싫던지…… 나는 넘치는 사랑에 감사할 줄도 모르고 불만만 내뱉는 어린아이였다.

시간은 좀 흘렀지만 결국 나는 베이징에 왔다. 그리고 베이징에 오는 길에 혼자 속으로 다짐했다. 반드시 삼촌을 베이징에 한번 모시겠다고.

베이징에 올라온 첫해는 전반적으로 일도 잘 풀리고 글 쓰는 일도 순조로웠다. 엄마 말씀에 의하면 삼촌은 어딜 가나 늘 내 책을 끼고 다닌다 했다. 무슨 내용인지 잘 알지도 못하면서 괜히 돋보기를 꺼내선 처음 두 줄만 읽고는 이렇게 총평을 하곤 했단다.

"이거 젊은이들 사랑 얘기구먼."

고향에 내려갔을 때 삼촌 집으로 가서 베개를 들춰봤다. 베개 아래에 넣어 둔 단어 카드는 사촌 동생에 의해 다 찢겼고, 내 책이 그 자리에 있었다. 책을 베개 밑에 넣어두면 주무실 때 불편하니 빼라고 해도 삼촌은 곧 죽어도 그리하겠다 고집을 피웠다. 결국 난 어쩔 수 없이 몇 권을 더 가져다가 베개 아래에 평평하게 깔았다. 몇 차례나 수선해서 쓰고 있는 가죽 소파, 몇십 년은 더 됐을 유리장, 책상 유리에 끼어 있는 색 바랜 호랑이 그림을 보고 있자니 시간이 멈춘 것 같았다. 내가 삼촌을 진절머리나 하던 그때의 내 모습 그대로 그곳에 나는 서 있었다.

이렇듯 삼촌의 삶은 아까워서 떠나보내지 못하는 것 투성이다.

삼촌과 나는 전화로 안부를 주고받는다. 처음에는 이틀에 한 번꼴로 통화했는데, 점점 일이 많아지면서 삼촌 전화를 못 받는 경우가 한 번씩 생기더니 요즘은 일주일에 한 번 정도로 줄었다. 고작 일주일 만에 하는 전화인데도 "몸은 건강하냐?", "일은 잘되냐?". "밥은 잘 챙겨 먹고 다니냐?"는 등 반복되는 잔소리가 지겹고, 습관적으로 하는 "목소리 들었으니 됐다."는 말에 신경이 날카로워져 결국 짜증을 낸다. 그리고 이런 나 자신이 싫어서 스스로에게 욕을 한 바가지 퍼붓는다.

어른이 되어 독립해서 살게 되면 가족을 더 생각해야 하는데 보통은 잘 그러지 못한다. 주변에 누가 돌아가신 걸 봐야 더 나이 드시기 전에 잘해드려야겠다 싶고, 글을 읽거나 노래를 들을 때 문득 가족에게 잘하지 못하고 있나 하는 생각이 든다. 보통은 잃고 나서야 비로소 소중한 것이 무엇인지 알게 된다.

요즘도 고향에 내려가 있을 때면 삼촌이 늘 한 상 가득 음식을 차려준다. 소금 넣는 걸 자꾸 깜빡해서 예전만큼 맛있지는 않지만. 또 나란히 앉아 있을 땐 예전처럼 내 등을 긁어 준다. 얼마 안 가 금방 잠들어 버리긴 하지만. 잠든 삼촌을 가만히 내려다보니 머리카락이 많이 희었다. 희고 굵은 머리카락이 낚싯줄처럼 뻣뻣해 보인다.

수화기 너머 삼촌은 지난번 했던 얘기를 또 반복하고 있다. 그리고

내 목소리가 안 들리는지 자꾸만 "여보세요?"를 반복한다. 전화기가 고장 났나 싶어 살펴보니 마이크 음량은 최고치이다. 다시 한 번 삼촌이 "여보세요?" 하자 갑자기 코끝이 찡해진다.

어렸을 때 삼촌과 손을 잡고 가다가 삼촌이 아는 분을 만나서 악수를 하려 하면, 나는 신경질적으로 손을 뿌리치곤 그분들을 노려봤다. 그런 나 때문에 삼촌은 늘 어쩔 줄 몰라 하셨다. 아마도 난 그때 삼촌이 나만의 삼촌이어야 한다고 생각했었나 보다. 지금은 많이 약해지고 작아진 삼촌이지만 그때의 삼촌은 내게 세상 전부와도 같은 나만의 영웅이었다.

시간과 꿈

늦은 때란 없어요. 지금 시작하세요.

이 우주에서 '하루'는 그저 '순간'일 뿐…
어제는 잊고 오늘을 즐기자.

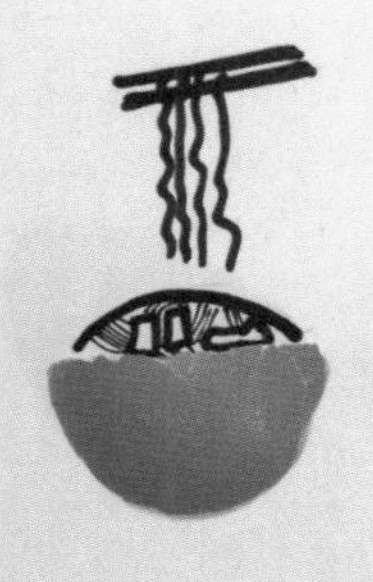

매 순간 마음껏 맛보고
매 순간 마음껏 시도해!

멈추지 말자.
목표를 잃으면 원하는 곳에 닿을 수 없거든.

언젠가는 반드시 멋진 풍경이
눈앞에 펼쳐질 거야.

오늘은 앞으로 살아갈 날 중 가장 젊은 날.

시간을
잘 쓰는 사람에게
찬란한 미래가!

미련 없이

떠나보내야 하는

친구도 있다

story 06

우정의 유통기한

유명 잡지사의 편집장
진정한 우정을 모르는 친구
새우눈

우리는 살면서 참 많은 사람을 만나는데, 어떤 사람은 삶의 일부가 되어 항상 곁을 지켜 주지만, 어떤 사람은 잠시 머물렀다가 금방 스쳐 지나가지. 그런데 가만히 보면 우리는 늘 곁에 있어 주는 사람보다는 결국 떠날 사람에게 마음을 더 많이 주는 것 같아.

❄❄❄

나에게도 그런 친구가 있었다. 눈이 정말 작은 새우눈, 그는 유명 잡지사의 편집장이다. 처음 그의 메일을 받고는 한참을 어리둥절했다. 웬만한 서점과 길거리 가판대라면 어디서나 구할 수 있는 유명 잡지의 편집장이 직접 나에게 원고를 청탁하다니. 그렇게 우리의 인연은 시작됐다. 그 후 그에게 대여섯 번 퇴짜를 맞으며 수정한 단편소설이 그달의 인기 작품으로 선정되자 난 고마운 마음을 전하려고 그에게 저녁을 사겠다고 했다.

그날 저녁 일은 아직까지도 기억에 생생하다. 호감형 얼굴에 크지 않은 키, 그리고 작은 코 위에 얹힌 도수 높은 안경 덕에 안 그래도 작은 눈은 더 작아 보였다. 그의 눈을 쳐다보며 대화를 나누고 있자니 자꾸만 졸음이 와서 몇 차례나 정신을 놓을 뻔했다. 저녁 식사를 마치고 헤어지며 난 웨이보를 맞팔하자고 했다. 그가 왠지 내켜 하지 않는 것 같다 싶었는데, 그의 아이디를 검색하고는 곧 그 이유를 알았다. 그는 팔로워가 몇십만 명에 이르고 글마다 몇천 개의 댓글이 달리는 웨이보 인기인이었다. 베이징에 온 지 얼마 안 돼 세상물정 모를 때라 마치 연예인 같은 그에게 갑자기 거리감이 느껴졌다. 그래서 헤어질 때 인사도 제대로 하지 못하고 도망치듯 돌아왔다.

그와 나는 의외의 계기로 친구가 됐다. 바로 우리의 공통 친구인 N 덕분이었다. N이 집에서 파티를 열었다고 초대해서 갔는데 놀랍게도

새우눈, 그가 나와서 현관문을 열어 줬다. 그 역시 문 앞에 서 있는 날 보더니 깜짝 놀라는 기색이었다.

"그쪽이 여긴 웬일이에요?"

떨떠름한 그의 표정에 어색한 기류가 흘렀지만 성격 좋은 N 덕분에 함께 술 마시고 노래하고 게임하며 조금씩 그와 가까워졌다.

그날 이후 우리는 부쩍 자주 만났다. 나에게 아이디어가 많다고 생각한 새우눈은 잡지의 독자 코너 한 꼭지를 내게 맡겼다. 반응이 꽤 괜찮자 이제는 그 코너 전부를 내게 맡겼다. 코너를 기획하고 원고 쓰느라 내 작품을 쓰는 시간이 부족했지만, 기회가 쉽게 생기는 건 아니기 때문에 이를 악물고 버텨냈다.

그는 술만 마시면 취해서 소파에 고꾸라지곤 했다. 그러다 보니 그의 인맥관리를 위해 만난 사람들을 매번 내가 혼자 응대해야 했다. 또한 친구들과 모여서 놀 때면 난 모두의 즐거움을 위해 이미지 같은 건 신경 안 쓰고 망가졌는데 그는 그런 내 바보 같은 모습을 늘 휴대폰에 저장하곤 했다. 그때마다 그는 진정으로 좋아하며 웃었다. 낯선 도시에서 홀로 있던 나에게 그는 최고의 친구는 아니어도 가장 필요한 시기에 나타난 친구이긴 했다.

첫 책의 출간을 앞두고 나는 너무 긴장해서 온몸이 경직됐다. 웬만해선 누구에게 부탁을 하지 않는 성격인데 그때만큼은 정말 자신이 없었다. 하는 수없이 나는 그에게 쪽지를 보내서 출간을 알리려고 쓴 웨이보 글을 RT해 달라고 부탁했다. 반나절이 지나서야 '그래'라는 짧은 답장이 왔고, 그리고도 삼 일이나 지난 새벽 두 시에야 비로소 그의 RT가 올라왔다. 멘트 하나 없이 RT만 싸늘하게 형식적으로. 마치 모두가 잠든 틈을 타 아무도 모르게 살짝 올리려는 듯.

별다른 생각을 하지는 않았다. 물론 그럴 권리도 없었다. 첫 책이 잘 안 되었다고 글 쓰기에 대한 내 열정이 사라지는 것도 아니었다.

언제부턴가 그는 저녁마다 내게 기사를 보내 교정을 부탁했다. 나중에 알고 보니 그 기사들을 묶어 책을 내려는 것이었다. 책에 들어간 대부분의 글은 내가 교정한 것이었고 난 그가 고마워할 줄 알았다. 하지만 작가 후기 속 감사하는 사람들 속에 N은 있었지만 나는 없었다.

그제야 알게 되었다. 그가 생각하는 친구의 범주 안에 나는 없었다는 것을. 그와 보낸 지난 시간이 떠올랐다. 술을 마실 때마다 그는 혼자 택시를 타고 가버렸다. 쪼그리고 앉아 먹은 것을 토해내고 있는 나는 길가에 버려둔 채 말이다. 그리고 다른 사람들에게 내 동영상을 보여줘서 날 웃음거리로 만들기도 했다. 잡지를 펼치면 돈 한 푼 받지 않고 고생해서 작성한 글 밑에 떡하니 자리한 그의 이름이 마치 날 비웃는 것 같았다. 그렇게 하나둘 떠올리고 있자니 따귀를 한 대 강하게 맞은 것처럼 쓰라렸다.

대가 없이 호의를 베풀면 어느 순간 그걸 당연하게 여기는 사람들이 있다. 결국 내가 베푼 친절은 나의 약점이 되고, 그 사람이 바라는 것은

결국 내가 베푼 친절은 나의 약점이 되고
그 사람이 바라는 것은 갈수록 많아진다

갈수록 많아진다.

그 이후로 그와 나는 서로 잘 찾지 않았다. 예전처럼 그의 전화 한 통에 바로 달려가서 도와주는 일도 없었고, 당연한 듯 청하는 그의 요구에 거절할 줄도 알게 됐다. 그러자 그도 더 이상 나를 함부로 대하지 않았다. 우정에도 유통기한이 있다. 그리고 유통기한의 마지막 날짜가 언제가 될지는 두 사람에게 달려 있다. 둘 중 한 사람이라도 변하면 함께해 온 모든 것이 변한다.

크리스마스 즈음 N을 통해 그가 베이징을 떠나 남부 지방으로 간다는 소식을 들었다. 3개월 만에 다시 만난 송별회 자리에서 나는 새우눈에게 술을 한잔 따르며 속으로 생각했다.

'고맙다, 그때 나 같은 신인 작가의 글을 실어 줘서. 고맙다, 이렇게 많은 친구를 알게 해 줘서. 고맙다, 이런 무서운 대도시에서 큰 깨달음

을 줘서'

노래방의 어두운 조명 아래에서 그의 안경 속 작은 눈을 보고 있자니 문득 그와 처음 만난 그날이 떠오르며 만감이 교차했다.

그날 그는 몇 번이나 N을 밖으로 불러냈다. 유리문을 통해 두 사람이 어깨동무를 하고 울고 있는 것이 보였다. 헤어지며 그가 한 말을 나는 영원히 잊지 못할 것 같다.

"사람은 겪어 봐야만 아는 거더라."

그 말은 목에 걸린 가시처럼 며칠 동안 나를 괴롭혔다. 그리고 며칠 후 다급한 얼굴로 우리 집에 온 N을 통해서야 그 의미를 알게 됐다. 알고 보니 친구 중 한 명이 내가 늘 새우눈을 욕하고 다닌다고 이간질했

고, 그 때문에 지난 3개월간 새우눈도 나에게 연락을 안 했던 것이다. 그 사실을 알게 된 N이 그에게 설명을 했고 오해는 풀렸다고 한다.

하지만 난 놀라지 않았다. 오히려 덤덤했다. 친구에게 열심히 해명해야 한다는 것은, 그 친구의 마음속에 나는 이미 중요한 사람이 아니라는 의미이다. 그 해명은 친구가 날 반드시 믿어줄 것이라는 자기 위안에 불과하다.

진정한 친구는 말없이 기다려준다. 언젠가 자기에게 진실을 말할 것임을 알기 때문이다. 나를 무조건 치켜세우지도 않는다. 나에게 장점이 많다는 것을 알지만 내가 잘났다고 말해 주지 않는다. 마치 나를 얼마나 좋아하는지, 굳이 입 밖으로 꺼내지 않는 것처럼. 흐르는 시간과 함께 친구들이 자연스레 흩어지고 나면 언제나 말없이 내 곁을 지켜주던 친구가 보인다. 그가 바로 평생을 함께 할 친구이다.

새우눈이 베이징을 떠나던 날 이런 문자가 왔다.

미안, 오해가 있었다.

뭐라고 답장을 했는지는 기억나지 않는다. 그냥 별 느낌이 없었던 것 같다. 그가 다른 도시로 향하는 구름에 몸을 실었을 때 나 역시 그에 대한 감정을 함께 실어 보냈나 보다. 지난달 카페를 오픈한 그는 종종 웨이씬 그룹에 손님과 함께 찍은 사진을 올린다. 그리고 걸핏하면 '절친', '영원한 우정' 같은 단어를 쓴다. 나는 한 번도 댓글을 달지 않았다. 그저 앞으로는 그렇게 우정을 쉽게 여기지 말길 바란다고 속으로 생각했을 뿐이다.

때로는 미련 없이 떠나 보내야 하는 친구도 있다. 모든 사람이 나를 좋게 보고 내게 관심을 기울이지는 않는다. 내가 하는 말, 내가 좋아하는 것, 내가 품고 있는 꿈을 대부분은 그냥 한 귀로 듣고 흘린다. 그런 사람들은 행복을 빌어주며 가볍게 잊으면 된다. 모든 사람에게 기억되기 위해 노력할 필요는 없다.

내면이 성장하면 사람을 고르는 눈도 생긴다. 따뜻하고 겸손한 마음으로 대하다 보면 그들도 나를 그렇게 대할 것이다. 이 세상에 부모님 말고도 절대 나를 포기하지 않을 친구는 분명히 있다. 끝까지 내 곁에 남을 친구가 있다면 평소에 잘 챙기지는 못해도 한 번씩은 알려주자.

우리는 서로를 선택한 사람이라고. 그러니 평생 헤어지지 말자고.

어떤 말에 신경이 쓰인다면

그건 인정하기 때문이야

story 07

농담

말수가 적고 소심한 성격의 소유자

소심남

/

친구끼리는 때로는 친해지기 위해, 때로는 말싸움하듯 말장난을 많이 한다. 당하는 입장에서는 '왜 자꾸 저럴까?' 싶지만 뭐가 됐든 어찌 됐든 끊임없이 놀리는 그들을 보면서 체념하게 된다. 그런데 사람 마음이 이상한 건, 어쩔 땐 그게 아무렇지 않은데 어쩔 때는 견딜 수 없을 정도로 괴롭다는 것이다.

"놀리는 내용은 장난인데, 당하는 사람은 장난이 아니지."

❄❄❄

나의 친구 소심남은 어릴 때부터 내성적이고 말수가 적었다. 그리고 굉장히 소심해서 무슨 일이든 마음에 담아 놓고 잊어버리지를 못했다. 초등학교 축제 때 무대 위에서 넘어져서 관객들이 많이 웃었던 적이 있는데, 그때부터 그는 그날의 공연곡만 들으면 몸이 움츠러든다. 중학생 때는 어떤 가수를 좋아했는데 친구들이 그 가수는 여자애들이나 좋아하는 가수라며 놀리는 바람에 눈물을 머금고 CD와 카세트 테이프를 몽땅 버린 적도 있다. 이와 비슷한 일화는 수없이 많다. 학창 시절 그는 늘 혼자만의 세계에 갇혀서 누구의 관심도 받지 못했다. 그에

게 '친구들'이라는 단어는 사치였고, 그저 소꿉친구 한두 명만 옆에 있어 준다면 감사할 일이었다.

그런 그에게 변화를 가져다 준 건 대학 축제였다. 축제를 앞두고 과마다 공연을 준비하라는 지침이 내려왔다. 소심남은 평소 그를 '가왕'이라고 부르던 룸메이트의 적극 추천으로 무대에 오르게 됐다.(그가 샤워하면서 노래 부르는 것을 룸메이트가 들었던 것이다.)

그는 고개를 푹 숙이고 무대 위에 섰다. 대학생이 되긴 했지만 그는 여전히 어렸을 적 트라우마에서 벗어나지 못하고 있었다. 앞머리로 얼굴의 반을 가린 채 멍하니 서 있던 그는 우물거리며 입을 열었다.

"뒤돌아서 불러도 될까요?"

그는 뒤돌아서 노래를 불렀다. 그가 부른 곡은 타오저의 '쓸쓸한 계절'이었다. 그날의 박수와 함성은 지금까지도 그의 머릿속에서 떠나질 않는다. 그 축제를 계기로 그는 교내 스타가 됐다. 음악은 순식간에 그에게 왕국을 만들어 줬다. 그리고는 뭐든 마음대로 할 수 있는 자신감 충만한 왕의 자리에 그를 앉혔다. 학생 몇 명이 그의 축제 영상을 오디션 프로그램의 홈페이지에 올렸고, 그는 놀랍게도 네티즌 인기상을 차지했다. 어리둥절해하며 본선이 열리는 창샤로 간 그는 마지막에 Top 100까지 올라갔다. 정신을 차리고 보니 모든 것이 변해 있었다.

삶이 재미있는 이유는 겉으로는 소소해 보이는 변화도 그 뒤에는 심금을 울리는 어떤 이야기가 숨겨져 있기 때문이다. 그는 더 이상 예전의 소심남이 아니었다. 나보다 1년 먼저 베이징에 온 그는 대학생 때 쌓은 자신감 덕분에 꽤 많은 친구를 사귀었다. 악보나 악기를 잘 알지는 못해도 '다라라라' 같은 흥얼거림으로 곡을 썼고, 몇몇 음반회사에서는 그의 곡을 사 가기도 했다. 그 덕에 그는 돈도 꽤 벌고 나름의 윤택한 생활을 즐기고 있었다. 비록 예전의 인기와 팬들은 사라졌지만 그는 여전히 자기만의 왕국에 빠져 지내고 있었다.

그랬던 그의 인생에 암흑기가 찾아온 건 친구의 약속만 믿고 충동적으로 콘서트를 열면서부터다. 그는 그동안 번 돈을 모두 콘서트에 쏟아 부었다. 홍보물은 비싼 용지에 고급스럽게 인쇄해야 한다는 친구의 말을 그대로 따랐고, 기자를 초청해야 기사가 나간다는 말에 기자를 부르는 거마비도 꽤 들였다.

이제야 힘겨운 베이징 생활을 이겨내고 아름다운 결과물을 만들어 내는구나 싶었다. 그러나 콘서트 시작 직전 무대 아래에서 대기하던 그의 눈에 들어온 건 텅 빈 관객석이었다. 그는 그대로 대기실로 뛰어 들어왔다. 우리는 계단에 걸터앉아 멍하니 마이크만 잡고 있는 그를 달래고 달랬다. 공연 시작 시간을 20분이나 늦춘 후에야 그는 얼굴에 미소를 띄우고 무대 위로 올라갔다. 그리고 두 시간 동안 혼신의 힘을 다해 노래를 불렀다.

그때 나는 이 친구가 받았을 충격이 굉장히 클 거라고 생각했다. 돈도 그렇고, 자존심도 그렇고. 하지만 시간이 지난 후에 그는 내게 이렇게 말했다. 그가 상심한 것은 관객이 조금밖에 안 와서가 아니라 가장 믿었던 친구가 자기를 상대로 그런 어이없는 장난을 쳤기 때문이라고.

그러나 그는 친구를 탓하지 않았다. 오히려 아무 일 없었다는 듯이 행동했다. 그렇게 모두가 예전처럼 지냈다. 어떤 애들은 노래가 맨날 비슷비슷하다느니, 어떤 개그맨을 닮았다느니 하며 놀렸지만 그는 조용히 웃기만 했다. 그런 놀림을 모두 무의미한 지껄임으로 만들어 버린 것이다. 어느 순간 그는 다른 사람 말에 쉽게 흔들리던 유약한 소년이 아닌 단단한 어른이 되어 있었다.

다행히 그는 다른 친구의 소개로 기획사와 계약을 했다. 회사는 2년 안에 정규 앨범을 내주겠다고 약속했고 계약 후 일주일 만에 신곡 녹음까지 진행했다. '새 마음 새 출발'을 하게 된 그는 친구들을 초대해 파티를 열었다. 길이 막혀 늦게 도착한 나는 문을 열고 들어섰다가 깜짝 놀랐다. 파티에 온 사람은 나와 그를 포함해 총 네 명뿐이었다. 그날 우리는 맥주 거품이 다 빠져 소다수가 될 때까지 이런저런 이야기를 나눴다.

늦은 밤 친구 둘은 집으로 가고 우리 둘만 남았다. 소파에 비스듬히 누워 옛날 이야기를 하다가 서로의 QQ미니홈피에 들어가서 옛 추억을 하나씩 꺼내기 시작했다. 옛날 사진을 보고 있자니 끔찍하기도 하고 귀엽기도 했다. 사진 속의 내가 눈 뜨고는 못 봐줄 정도로 흉해서 끔찍했고, 또 그런 못난 놈이 어려운 과정을 이겨내어 지금의 나로 성장한 걸 생각하니 귀엽기도 했다. 서로의 과거를 보며 웃다가 어느 순간 둘 다 말이 없어졌다. 어항에서 들려오는 물소리가 귀에 거슬리기 시작할 즈음, 나는 전부터 궁금했던 이야기를 꺼냈다.

"성격도 호탕하고, 친구도 많고…… 그런데, 척하는 거 힘들지 않냐?"

"힘들지. 그런데 나는 외면과 내면을 분리해서 생각해. 날 정말 좋아하는 친구라면 내 내면까지 들여다볼 테고, 그렇지 않은 친구라면 자기가 보고 싶은 면만 보겠지. 떠날 사람은 떠나고 남을 사람은 남을 거야."

마음이 강해지면

어떤 말에도 흔들리지 않습니다

일 년이 지났다. 그의 모습은 계약 당시 기대했던 것과 180도 달라져 있었다. 화끈하게 밀어줄 것 같았던 소속사 사장은 약간의 인지도가 있는 신인 가수와 계약하더니 모든 자금과 전력을 그 가수에게 쏟아 부었다. 그러다 보니 소심남에게 투자할 수 있는 비용은 고작 한 곡 정도의 제작비뿐이었다. 포기할 수 없었던 그는 모든 인맥을 동원하여 한 곡짜리 제작비로 다섯 곡짜리 미니 앨범을 제작했다. 친구들은 또 비웃기 시작했다. 역시 가수의 길은 안 어울린다, 생긴 것도 별로이고 실력도 없는 놈이 밑바닥부터 시작해야지 무슨 스타를 꿈꾸냐…… 듣고 있자니 농담이라고 하는 말들에 죄다 가시가 돋아 있었다. 하지만 정작 그는 미동도 하지 않았다.

앨범 작업 기간에 나는 그에게 연락을 거의 하지 못했다. 그가 웨이보에 올린 콘서트 투어 소식을 보고서야 전화를 걸었다. 혹시나 또 다시 사기를 당하는 건 아닐까 걱정하는 내게 그는 이번에는 절대 문제없으니 걱정하지 말라고 호언장담을 했다. 자신에 찬 그에게 나는 걱정의 말 대신 축하를 전했다.

이번 콘서트는 지난번보다 관객이 조금 더 많아졌다. 그가 판다Panda 신발을 신고 무대 위로 오르는 순간 갑자기 어릴 적 말수 없던 소심남의 모습이 머릿속에 떠오르더니 무대 위 그의 옆에 나란히 섰다.

비슷한 듯 다른 현재의 그와 과거의 그. 가만히 보고 있으니 왠지 가슴이 찡했다.

미니 앨범의 마지막 곡까지 마친 뒤 그는 무대에 서서 이렇게 말했다.

"다른 사람이 여러분에 대해 하는 이런저런 말들에 신경이 쓰인다면 그건 여러분도 그걸 인정한다는 뜻이에요. 마음이 강해지면 어떤 말에도 흔들리지 않습니다."

이 말을 듣는데 눈물이 날 것 같았다. 이유는 모르겠다. 예전에 그의 집에서 네 명이 파티를 했을 때 내 질문에 대답하던 그가 거꾸로 내게 물었었다. 첫 콘서트에 실패했을 때 왜 그 친구에게 따지지 않았는지 아느냐고. 나는 모른다고 했고, 그도 그 이유를 말해 주지 않았다.

하지만, 이제는 그 이유를 알 것 같다.

누군가가 농담을 했는데 내 마음이 불편하다면, 그건 농담이 아니라 비웃음이다. 하지만 진정으로 말하지 않는 사람들 때문에 상처받을 필요도 없고, 그들을 외면할 것도 없다. 그냥 옆에 두고 가볍고 재미있게 지내면 된다. 그들의 농담이 아무렇지도 않게 되면 그제서야 당신에게 그들이 진짜 친구로 자리 잡는 것이다. 그때가 되면 그 농담들도 진짜

농담으로 넘길 수 있다.

며칠 전 동창회에 나갔다가 현재 전국 투어 콘서트 중인 그에 대한 이야기가 나왔다. 모두가 그의 노력과 열정에 감탄했다. 하지만 일부 친구들은 여전히 그에 대해 안 좋은 이야기를 했다.

그 이야기를 듣고 있다 보니 그가 웨이씬 그룹에 올린 콘서트 현장 사진이며 자신감에 차 있던 그의 목소리가 들리는 듯했다. 나는 그가 안쓰러우면서 또 그런 모습에 힘이 났다. 술을 한 모금 마신 후 나는 큰 소리로 말했다.

"적어도 걔는 스스로 강해지는 방법을 알고 있잖아."

적어도 그는 알고 있다. 어떤 사람, 그리고 어떤 일들은 자기와는 상관없고 관심도 없었다는 사실을. 모든 것에 의미를 부여하고 상처받을 필요는 없다. 마음을 단단하게 다지면 거센 풍파가 몰아쳐도 흔들리지 않을 수 있다. 그렇게 단단한 마음을 가지고 조금씩 앞으로 나아가다 보면 훨씬 더 성장한 자신의 모습을 볼 수 있을 것이다.

마음의 온기

당신도 세상도 따스해지길

널 위해 따뜻한 등을 놓아주는
그 사람을 기억해.

우리
함께해
불꽃이 사라지면,
그땐 내가 널 따뜻하게
안아줄게.

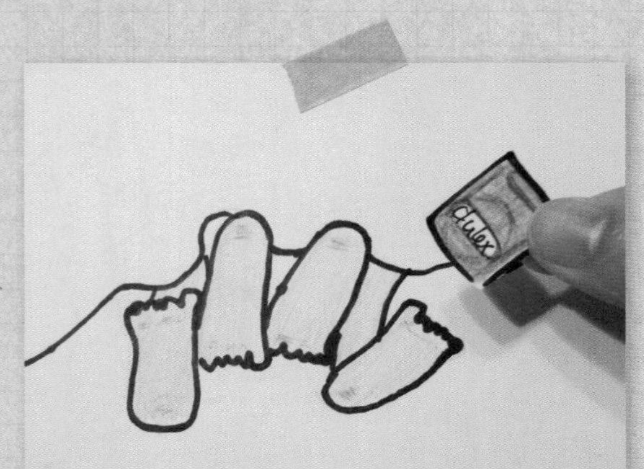
'사랑하는 일'보다
서로를 더 따뜻하게 해 주는 것이 또 있을까.

따뜻하게 입어.
몸이 따뜻해야
마음도 따뜻해지지.

오랜만에 친구들과 함께하니
마음도
따뜻해진다.

너무 추울 땐
운동을 하자.
세상이 따뜻하게
보일 거야.

힘들 때 위로보다 절실한 건,
함께 울어주는 사람,
그리고…

쓸쓸할 땐
커피 한 잔을 마시며
책을 읽어봐.
이야기가 널
따뜻하게 해 줄거야.

똑똑한 연애란

함께할 때는 '서로'를 바라보고

떨어져 있을 때는 '자신'을 바라보는 것

story 08

예민하면
행복하지 않아

완벽한 사랑을 꿈꾸다 보니
상대를 구속하는
의심녀

그와 함께 하는 순간의 공기마저 좋고, 떨어져 있을 때의 그리움마저 좋은 것이 사랑이다. 당신은 그와 함께한 소중한 추억과 아무도 모르는 둘만의 비밀, 그 아름다운 흔적들을 정성스레 펼쳐 놓고 시험지를 한 장 만든다. 물론 시험 문제는 모두 당신에 관한 것들이다. 그리고 연인에게 하나씩 문제를 내기 시작한다. 백 점짜리 답안지를 기대하며. 그래야만 '사랑'이라고 굳게 믿으며.

"그 사람도 날 간절히 원한다면 얼마나 좋을까?"

❄❄❄

의심녀는 어릴 때부터 연예인이 꿈이었다. 하지만 누군가로부터 교문 앞 분식집 아줌마처럼 생겼다는 말을 듣고는 그 꿈을 바로 접었다. 얼굴로 연예계에 진출하지는 못했지만, 어떻게든 연예계에 발을 들이겠다는 의지 하나로 결국 인터넷 포털 사이트의 연예 섹션 편집자가 됐다. 9시 출근에 5시 퇴근, 그리고 간헐적인 야근이 삶의 주 내용이었다. 입사 첫 주에는 아침 7시부터 일어나 정성스럽게 화장을 하고 출근했다. 하지만 야근 한번에 머리가 산발이 되고 아이라인이 시커멓게

그 사람도 날 간절히 원한다면 얼마나 좋을까

번져 버리자 그녀는 자기를 그냥 놔 버렸다. 몇 번 그녀와 회사 앞에서 만나 커피를 마신 적이 있는데, 그때마다 내 눈앞에는 교문 앞 분식집 아줌마가 나타나곤 했다.

물론 그녀에게도 장점은 있다. 우리 집에 모여 저녁을 먹는 날, 다 먹고 모여 앉아 텔레비전을 볼 때도 깔끔한 그녀는 혼자만 계속 식탁을 닦으며 텔레비전을 봤다. 책임감도 어찌나 강한지 연예인의 이혼이나 열애 발표 같은 특종이 터졌을 때 사무실에서 가장 먼저 키보드 소리가 나는 건 늘 그녀의 자리였다. 새벽 세 시가 됐든 몇 시가 됐든 간에 말이다. 또한 두루뭉술한 성격의 소유자라 옆에서 누가 어떻게 놀리든 별 신경을 안 쓴다. 그렇지 않고서야 내 휴대폰 속에 그녀의 흑역사 사진이 그렇게 많을 수는 없을 것이다.

우리 친구들 중 가장 먼저 연애를 시작한 그녀는 어느 연예인의 생일 파티에 갔다가 PR 회사 직원인 남자친구를 처음 만났다. 술기운에 서로가 눈에 들어온 두 사람은 메신저를 교환하고 데이트 약속을 잡았다. 그렇게 해서 연인이 됐다.

사랑에 빠진 그녀는 무섭게 변했다. 피부에 자신이 없어서 24시간 내내 화장을 지우지 않았고, 뚱뚱한 여자는 질색이라는 남자친구의 말에 맨날 집에서 아령을 들고 TV 속 몸짱 아줌마를 따라 다이어트 댄스를 췄다. 남자친구가 옆에 없을 때는 휴대폰이 남자친구를 대신했다. 어차피 친구들은 일하느라 웨이씬에 즉각 대답하지 않기에 그냥 남자

친구와의 지난 대화 내용을 들여다보고 또 봤다. 그녀의 컴퓨터 속 즐겨찾기는 모두 남자친구의 SNS였다.

"남자친구의 과거 웨이보를 보다 보면 내가 모르고 있던 그의 세상에 들어가는 기분이야. 얻는 것도 있고 잃는 것도 있긴 한데, 어쨌든 난 이러는 게 좋아."

하지만 안타깝게도 그녀의 행복은 오래가지 못했다. 그녀는 사귄 지 한 달도 안 돼서 내게 하소연을 시작했다. 남자친구는 업무상 예쁜 여자들을 자주 만날 수밖에 없었는데 그녀는 남자친구가 그 여자들과 찍은 사진을 내게 한 장씩 보여줬다. 화가 나면서도 자기가 왜 이 사진들을 휴대폰에 저장하고 있는지 모르겠다고 했다. 처음에는 나도 그녀를 위로했다.

"어느 커플이든 더 사랑하는 쪽이 있기 마련인데, 너희 커플에서는 그게 너인가 보다. 가끔 스스로가 비참하게 느껴질 때도 있겠지만, 시간이 흐르고 서로 신뢰가 쌓이면 좀 나아질 거야."

그러나 한번 바람이 빠지기 시작한 풍선은 빠른 속도로 쪼그라드는 법이다. 그녀는 우울한 아이가 됐다. 아침에 일어나서 휴대폰을 보면, 새벽 네 시에 올린 그녀의 웨이보가 알람 목록에 있었다. 그녀는 늘 어두운 사진과 암울한 글을 올렸다. 남자친구가 출장을 가면 도통 잠을 잘 수 없다고 했다. '잘 자'라는 문자를 못 받으면 몸속 모든 세포가 잔뜩 예민해져서는 밤새 못 자고 뒤척인다고도 했다. 남자친구가 옛 여

자친구 이야기를 꺼내면, 아직도 못 잊나 싶어서 불안해진다고 했다. 남자친구의 웨이보에 여자들이 '잘생겼어요' 같은 댓글을 달면 순간 욱해서 '신경 꺼' 같은 댓글로 받아친다고 했다. 그리고 그가 어떤 여자를 팔로우하면 그 여자 웨이보를 처음부터 끝까지 뒤져봐야 직성이 풀린다고 했다. 자기가 믿기 싫은 어떤 사실을 찾으려는 듯. 하지만 늘 찾아낸 것은 없었다.

세 번째로 기사를 잘못 올린 날, 팀장은 그녀에게 삼 일간 쉬면서 반성하라고 했다. 그녀는 아무것도 하지 않고 침대에 가만히 누워 있었다. 남자친구가 보낸 문자에 답장도 하지 않았다. 그에게 전화가 오자, "대체 날 좋아하긴 하는 거야?"라며 화를 냈다. 상대방이 얼마나 황당했을까? 그녀는 곧 몸이 너무 안 좋아 누워 있다면서 보고 싶다고 말했다. 바로 달려온 남자는 너무나 멀쩡한 그녀의 모습을 보고 얼굴이 굳어졌다.

두 사람이 얼마 만에 헤어졌는지는 모르겠다. 언젠가 노래방에 갔는데, 원래 마이크를 잘 잡지 않는 그녀가 그날은 노래방 기계 앞에 서서 연속으로 열 곡이나 불렀다. 목이 터져라 노래를 부르는 그녀를 아무도 말릴 수 없었다. 양청린의 '행복한 사람'을 부를 즈음에는 노래를 부르는 것인지 울고 있는 것인지 구분할 수 없을 정도였다.

다음날 그녀는 웨이보에 이런 글을 올렸다.

내가 네 앞에서 마음껏 울고 웃을 수 있다면 얼마나 좋을까. 너와 함께 살며 보고 싶을 때 언제든 널 볼 수 있다면 얼마나 좋을까. 화끈하게 싸운 뒤 남자친구가 와서 달래 주길 기다리는 그런 여자들이 가장 부럽다. 여왕처럼 당당하게 연애하는 그녀들이 정말 부럽다. 네 전부를 알고 싶은데, 너와 나 사이의 이 거리감이 없다면 얼마나 좋을까. 너에게 안길 때마다 우리가 곧 끝날 거라는 예감이 들지 않는다면 얼마나 좋을까.

나중에 친구를 통해 들어 보니 그 남자는 꽤 괜찮은 사람이었다. 본인이 원하는 것이 무엇인지 명확히 알고 추진력도 있으며 야망이 큰 남

자였다. 그는 의심녀를 처음 만난 날 함께 술잔을 기울이며 생각했다. 그녀와 연애를 하면 삶이 꽤 멋지게 채색될 것 같다고…… 하지만 그의 삶을 채색하기에는 도화지가 그만큼 크지 않았다.

연인이 문자 답장을 늦게 했다고, 전화를 제때 받지 않았다고, 당신이 좋아하는 것들을 잘 기억하지 못한다고, 의심 가는 그 사람에 대해 제대로 설명해 주지 않는다고, 사랑하는 사람에게 화를 내고 있는가? 당신은 스스로를 변화시켜 그 사람에게 모든 걸 맞췄고, 마음속 대부분의 공간을 그에게 내주었다. 그와의 사랑을 위해 애쓴 노력으로 치자면 어느 누구에게도 지지 않을 것이다. 그런데 왜 상대는 당신을 만족시키지 못하는 걸까? 가만히 생각해 보면 그 원인은 상대가 아닌 당신에게 찾을 수 있다. 자신을 변화시킬 만큼 사랑하는 상대이지만 바라는 게 너무 많아서, 그의 사랑을 끊임없이 시험해 보다가 결국 스스로 인연의 마침표를 찍게 되는 것이다.

서로의 사랑을 끊임없이 의심하며 자꾸 확인하려 하면 상대방은 지쳐가고 두 사람 사이의 신뢰는 무너진다. 자꾸만 잡아당기며 속박하려는 사람을 누가 좋아하겠는가?

예민한 사람은 신경 쓰이는 일이 많다. 그래서 대부분의 시간이 즐겁지 않다. 사랑하는 사람의 눈에 비친 자기의 모습이 어떨지도 신경 쓰이고, 오늘은 어떤 비가 내리고 구름은 어떤 모양일지도 신경 쓰이고, 아까 손잡을 때 왠지 따뜻한 느낌이 아니었던 것 같아서 또 신경 쓰이고, 포옹할 때 그가 평소보다 덜 끌어안은 것 같아서 신경 쓰이고, 언젠가 이 사람이 날 떠날 것 같아서 신경 쓰이고…….

연애를 하며 모든 것이 필요충분조건일 수는 없다. 당신이 그 사람을 아주 많이 원한다고 해서, 그 사람도 당신을 그만큼 원해야 한다는 법은 없다. 당신이 그 사람을 그리워한다고 해서, 그 사람이 반드시 수시로 문자나 전화를 해야 하는 것은 아니다. 그를 당신의 모든 것이라고 생각할 수는 있으나 상대도 그럴 거라 생각해선 안 된다. 그에게 당신은 전부가 아닌 일부분임을 인정해야 덜 아프고 덜 실망한다.

똑똑한 연애란 함께할 때는 '서로'를 바라보고, 떨어져 있을 때는 '자신'을 바라보는 것이다. 사랑에 모든 시간을 허비하기에는 우리는 아직 너무 젊다. 온종일 연애만 하고 있으면 미래는 누가 책임져 주나? 떨어져 있을 때는 각자 열심히 자기의 일을 하는 거다. 자신의 숲을 정성스레 가꾸다 보면 다시 만났을 때는 더 멋지게 변해 있는 서로를 볼 수 있을 것이다. 그리고 다른 사람들이 보기에도 함께 있는 두 사람의 모습이 반짝반짝 빛날 것이다. 이런 사랑이야말로 건강하고 멋진 사랑이다.

며칠 전 의심녀가 캡처 사진을 한 장 보내왔다. 전에 그 남자와 헤어지고 올린 웨이보 글이었는데 밑에 그 남자의 댓글이 달려 있었다.

널 좋아하긴 하느냐고 물었을 때 대답하지 않은 이유는 모든 질문의 답은 질문한 사람의 마음속에 있기 때문이야.

우리는 비 오는 날 밖에 나갈 때 우산을 들고 나갈지 그냥 나갈지 고민하지 않는다. 누군가와의 관계를 시작할 때도 그렇다. 이 사람과의 관계가 얼마나 갈지, 어떤 일이 생길지, 굳이 알아볼 필요가 있을까?

모든 사랑이 영화에서처럼 뜨겁고 열렬한 모습은 아니다. 다소 미지근하고 무던한 사랑이 더 오래가는 법이다. 다양한 사랑을 경험하면 당신은 한층 더 성숙해진 모습으로 인생의 다음 단계로 나가게 될 것이다.

이별이 우리에게 주는 것은

재앙이 아닌 잠시 쉴 시간

story 09

떠날 사람은 떠난다

모든 일에 적극적이나
사랑에는 잼병인 여자
Y

/

여러분에게도 이런 친구가 있는지 모르겠다. 성격 좋고 일 잘하고 무엇이나 막힘없이 잘해내는 그런 친구 말이다. 내 친구 Y가 바로 그런 아이다. 그러나 뭐든 잘하는 그녀도 연애 앞에서는 허우적거렸다.

"모든 일이 그래. 끝까지 가 봐야 비로소 모퉁이가 보이더라."

❄❄❄

그녀의 인생을 몇 글자로 간단히 설명하기는 어렵다. 겉으로 봐서는 바르게 자란 아이 같지만, 알고 보면 선생님께 반항도 했었고, 수업에 빠지고 아르바이트도 다녔으며, 문신을 하는 등 화려한 학창 시절을 보냈다. 어렸을 때 아빠가 집을 나가서 대학 입학 전까지 엄마와 둘이 살았는데 천성적으로 노는 것을 좋아하는 엄마가 그녀에게 했던 말은 대부분 "엄마 지금 마작하고 있으니까 혼자 가서 뭐 좀 챙겨 먹어."였다.

의외로 Y는 학창 시절에 한번도 연애를 안 해 봤다고 한다. 그녀의 첫 연애는 회사 생활과 함께 시작됐다. 남자친구는 나름 문학청년으로 말수가 적고 성격은 나긋나긋했다. 그랬기에 세상에 무서운 것 없고 거침없는 그녀의 성격과 별다른 충돌이 없었다.

그와 사귀기 전 Y는 그에게 동료 간의 우의를 다지고 싶으니 저녁을 사라고 했다. 그리고 매일 당근주스를 만들어 와서는 그에게 끝까지 다 마시라고 강요했고, 그의 웨이보 여자 팔로워들과는 괜히 한 번씩 싸웠다. 나긋나긋한 성격의 남자는 자연스럽게 그녀가 하는 대로 따랐고 그런 날이 지속되며 둘은 자연스럽게 연인이 되었다.

두 사람이 손을 잡고 내 앞에 나타난 그날 그 이상한 분위기에 마셨던 홍차 맛이 아직도 잊히질 않는다. 남자는 옆에 앉아 한마디도 안 하고 있었고, 그녀는 한 손으로는 3단 케이크 스탠드에 있는 디저트를 들고 다른 한 손으로는 머리카락을 만지작거리면서 "내 남자친구가 어쩌고저쩌고" 하며 자랑을 했다.

그녀가 남자친구를 얼마나 사랑하는지는 그녀의 씀씀이만 봐도 알 수 있다. 쥐꼬리만 한 월급을 예전에는 자기를 위해서만 썼다면 이제는 남자친구의 신발과 옷을 사는 데에 썼다. 남자친구의 집에 놀러 갈 때는 신 나서 과일과 주스를 한 보따리씩 샀다. 회사에서 두 사람의 자리는 파티션 하나를 두고 바로 붙어 있어서 몸을 살짝만 기울여도 서로가 보였고 작은 목소리로 대화도 가능했다. 그런데도 QQ 대화창이 하루에 몇십 페이지가 넘어갈 만큼 메신저를 했다. 오늘 누가 뭘 입었고 점심과 저녁은 뭘 먹을 것인지 등 그녀는 남자친구에 대해 모르는 게 없었다. 심지어 격정적 밤의 흔적인 키스 마크가 그의 왼쪽 어깨에 남겨져 있다는 것까지 알고 있었다.

할 말이 그렇게나 많을 수 있다는 것에 감탄하는 내게 그녀는 그럴싸하게 말했다.

"평생을 살면서 두 사람이 나누는 대화의 양은 정해져 있대. 그래서 헤어지기 전까지 다 써야 한대."

상반된 성격이지만 서로의 단점을 보완해 주는 듯 보였던 두 사람. 난 두 사람이 만들어내는 사랑 이야기가 오래도록 아름다운 러브 스토리로 전해질 거라고 믿고 있었다. 하지만 우려했던 사태가 발생했다. 남자가 한눈을 판 것이다. 그는 웨이보에서 자기와 똑같은 말투의 여자를 만났다. 긴 머리에 반짝이는 눈을 가진 여자였다. 두 사람은 자주 만나 난뤄구샹에 가서 연극을 보곤 했다. 서로를 @해서 올린 웨이보

내용은 다른 사람들은 전혀 알아볼 수 없었다. 두 사람이 사귀는 것 같다고 짐작하기 시작했을 즈음, 화가 머리끝까지 난 Y는 남자를 내쫓고 문을 걸어 잠갔다.

문 밖으로 쫓겨난 남자는 오랫동안 아무 소리도 내지 않았다. 문에 귀를 대고 바깥 상황을 살피던 그녀가 못 이기는 척 문을 열려고 하는 순간 남자가 외쳤다.

"나 걔랑 사귀기로 했어!"

헤어지기 직전까지도 그녀는 울지 않았다. 항상 이런 식이다. 아무리 큰 상처도 그녀를 침범할 수는 없나 보다. 태양이 존재하는 한 나는 늘 빛날 거라는 듯, 평생 즐겁고 행복하기만 하다는 듯, 심지어 남자친구와 헤어졌는데도 아무렇지 않아 보이는 그녀…… 어쩌면 그 남자를 향한 사랑이 크지 않았기 때문일 거라고 나는 생각했다.

한번은 그녀와 술을 많이 마시고 노래방에서 나왔는데 길거리에 택시가 한 대도 없었다. 속이 안 좋은지 배를 움켜쥐고 앉은 그녀 옆에 나도 같이 쪼그리고 앉았다. 그때 땅바닥으로 하나 둘 물방울이 떨어졌다. 나는 그녀가 우는가 보다고 생각했다. 하지만 그녀는 민망했는지 괜히 나한테 쏘아붙였다.

"이거 침이거든!"

그리고는 곧 먹은 것을 토해냈다. 그녀는 나에게 기대앉아 말했다.

"아침에 눈 뜨면 그는 항상 내 꿈을 꿨다고 했어. 나는 그때 좀 속상

사랑은 긴 여정이다

했다. 난 한번도 그의 꿈을 꾼 적이 없거든. 그가 떠나고 나니까 알겠더라. 꿈에서 누구를 만나는 건 마음이 멀어져 있기 때문이더라고. 그때 그는 내 옆에 누워 있었지만 마음은 옆에 없었나 봐. 그런데 지금은, 내가 그 친구 꿈을 꾸기 시작했다."

그녀는 그를 정말 사랑하고 있었다. 일상에서 그녀는 여왕 같다. 적극적이고 누구보다도 강하며 비관이라는 단어와는 거리가 먼 그녀를 사람들은 무척 좋아하고 따른다. 물론 그들은 자기가 좋아하는 것이 그녀인지, 아니면 그녀와 함께 있음으로써 빛나는 자기 모습인지 정확히는 모른다.

그날 밤 집에 데려다 줬을 때 집에 도착하자마자 다급하게 문을 닫는 그녀의 얼굴을 봤다. 그녀의 눈가에는 분명 눈물이 가득했다. 그녀의 울음소리가 1층 현관까지 들리는 듯했다. 그리고 며칠 동안 그녀를 만날 수 없었다. 회사에도 연락해 봤지만 며칠째 결근이며 아무도 소

식을 모른다고 했다. 안 되겠다 싶어 경찰에 신고하려는데 그제야 그녀가 초라한 행색으로 나타났다. 태국에 갔다 왔다며, 말린 망고와 코코넛을 한 봉지씩 침대 위에 올려놨다. 그 모습을 보며 나는 얼굴이 까맣게 타고 어리숙해 보이는 이 여자가 내가 알던 친구가 맞나 싶었다.

그녀는 치유 여행을 다녀왔다고 했다. 그리고 부처님 앞에서 빈 소원 중 하나가 벌써 이뤄졌다고 했다. 방콕에서 돌아오는 비행기에서 옆자리에 앉은 잘생긴 혼혈 남자가 자기 휴대폰 번호를 따갔다나.

나는 의심 가득한 눈으로 물었다.

"정말 아무렇지도 않아?"

그러자 그녀가 대답했다.

"떠날 사람은 결국 떠나게 돼 있어. 슬퍼하는 것은 본인 선택이지. 사랑하는 사람한테 버림받았다는 사실만으로도 충분히 불쌍하잖아. 눈물범벅이 되고 식음을 전폐하고 하늘을 원망해 봤자 나만 힘들어. 그런다고 잔인한 현실이 달라지는 것도 아니고. 어릴 때부터 잃는 것에 익숙했지만 누굴 원망해 본 적 없어. 대신 다음에 얻게 되는 것에 분명히 잃은 것의 일부가 있을 거라고 믿었지. 질량 보존의 법칙 있잖아."

얼마 전 그녀와 차를 마시다가 3단 케이크 스탠드를 보곤 그때 일이 떠올랐다. 난 놀리듯 물었다.

"그가 다른 여자랑 사귄다고 했을 때 정말로 이유는 안 물어봤어?"

그러자 그녀는 말했다.

"나랑 사귀기로 했을 때도 이유를 몰랐을걸. 날 사랑하지 않게 된 데

끝까지 가 봐야 비로소 모퉁이가 보인다

에도 특별한 이유가 없었을 거야. 별로 듣고 싶지도 않았고. 그래 봤자 변명밖에 더 돼?"

사랑은 긴 여정이다. 중간에 몇 명과 어깨를 나란히 했고 몇 명이 떠났든지 간에, 결국은 끝까지 가야 한다. 이별이 우리에게 주는 것은 재앙이 아닌 잠시 쉴 시간이다. 이 긴 여정의 끝까지 어떻게 갈지를 생각해 보는 시간 말이다.

우리는 안아주기도 하고 밀어내기도 한다. 따뜻한 입맞춤을 선사하기도 하고 차가운 눈빛을 보내기도 한다. 연인과 둘만의 세상을 얻기도 하지만 또 잃기도 한다. 먼 훗날 새 인연을 만나면 말없이 조용히 맞이해 주자. 그리고 두 사람만의 견고한 사랑을 만들어가는 것이다.

행복해라, 내 친구. 영원히 함께할 사람이 언젠가는 분명히 나타날 거야.

상처받는 그녀에게

사랑에 약한 여자들이 사랑 앞에서 지지 않기를

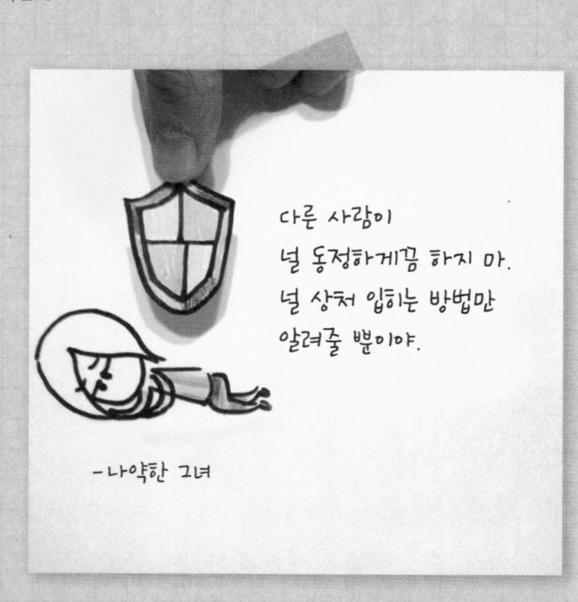

중국에는 남편이 잘못을 저지르면 빨래판 위에 무릎 꿇게 해서 벌 주는 전통이 있다.

모든 상처를
스스로 치유할 수는 없어.
때로는 타인의
도움을 받아 보자.

-상처 입은 그녀

새로운 인연을 위해
과거는 잊자…

-과거를 잊지 못 하는 그녀

연애를 생각한다면
적당히 먹는 것도
필요하지.

-대식가 그녀

사랑이 영원할 순 없어.
놓치기 싫다면 끊임없이
노력해야 해.

-열공 그녀

그냥 '꽃'을 좋아한다는 사람과
'장미꽃'을 좋아한다고
말할 수 있는 사람의 차이

story 10

삶을 대하는 멋진 태도

인생의 목표를
명확히 알고 있는 친구
심플녀

/

우리가 사는 이 세상은 얼마나 복잡하고 번잡한가. 이런 세상에서 마음에 여유를 갖고 재미있게 살아간다는 것은, 사실 쉬운 일이 아니다. 단순하게 산다는 것이 그리 단순한 일이 아니기에.

여기 인생을 단순하게 살아가는 심플녀가 있다. 심플녀의 인생에서 가장 중요한 두 가지는 '먹는 것'과 '돈'이다.

"인생 목표가 확실해야 삶이 덜 고달프지."

❄❄❄

심플녀는 내 홈메이트 중 한 명이었다. 난 그녀만큼 스펙터클하게 살아온 사람을 본 적이 없다. 시골 출신인 그녀는 집안이 가난했다. 학비도 친척 어른이 내주셔야 했을 정도였으니 밥이라도 제대로 먹었을까? 그런데 아이러니하게도 중학생 때부터 살이 찌기 시작했다. 그녀는 동글동글 곰돌이를 닮아간다며 친구들에게 놀림도 많이 받았다. 효과 좋다는 다이어트는 다 해 봤지만 모두 무용지물이었다. 언젠가 단식을 시도하다가 하루도 못 가 쓰러져서 입원하기도 했다.

그런데 암흑 같던 그녀의 삶에 한 줄기 빛이 비추기 시작했다. 공부하느라 식단 조절도 운동도 못하던 고3 어느 날, 몸무게가 갑자기 줄기 시작한 것이다. 반년 만에 40kg이 빠졌다. 혹시나 해서 검진을 받아봤지만 건강에는 이상이 없다고 했다. 살이 빠지고 이목구비가 뚜렷해지면서 그녀는 중국 4대 미녀인 리틀 자오웨이로 불릴 만큼 예뻐졌다.

교실 공기마저 시험지 냄새로 가득했던 고3 시절이었지만, 그녀의 고3은 여느 친구들과 달랐다. 영화감독에게 캐스팅돼서 연예계에 데뷔한 것이다. 심지어 출연한 영화가 국제영화제에서 수상하여 감독과 함께 싱가포르에서 레드 카펫도 밟았다. 아직 사회에 나가지 못한 친구들은 이런 그녀의 모습에 열광했다. 당시 모든 사람이 그녀에게 베이징필름아카데미에 진학하라고 권유했다. 여러 기업에서 앞다퉈 광고 모델을 제안하며 학비를 지원해 주겠다고도 했다.

가난 때문에 제대로 먹어본 적이 없어서일까? 돈이 생기고 마음에 여유가 생기자 그녀는 엄청나게 먹기 시작했다. 다행히 아무리 먹어도

살이 찌지 않는 축복받은 체질로 변한 상태였다. 하루에 다섯 끼는 거뜬히 먹었고, 제일 좋아하는 삼겹살 조림은 국물에 밥까지 비벼 몇 그릇이나 먹곤 했다. 그런 그녀 때문에 전공 교수는 늘 마음이 놓이질 않았다.

그와 동시에 베이징 생활에 익숙해지면서 점차 대도시의 화려함에 반하기 시작했다. 그리고 그녀가 반한 대도시의 화려함은 돈의 필요성으로 이어졌다. 그렇게, '돈'과 '먹는 것'은 그녀 인생의 목표가 됐다.

대학교 2학년 때 그녀는 사극에 출연했다. 함께 연기하는 배우들은 모두 유명한 선배 연기자였다. 그중에는 주로 케이블 드라마에서 활약하던 여배우가 있었다. 그 여배우는 청순한 이미지로 사랑받고 있었지만, 실제로는 심각한 스타병과 피해망상증을 앓고 있었다. 스타병 그녀는 촬영 전 각 배역의 스타일 컨셉을 잡을 때 분명히 오케이했는데 촬영 당일이 되자 모습을 보이지 않았다. 하필이면 그날 그녀도 지각을 했는데, 그 스타병 배우의 변명은 분장이 너무 이상해서 차마 사람들 앞에 설 수 없었다는 거였고, 그녀의 변명은 밥을 끝까지 먹느라 늦었다는 거였다.

그렇게 촬영 첫날부터 모두에게 찍혔건만, 그 뒤 심플녀의 행동들은 더욱 할 말을 잃게 만들었다. 스타병도 촬영 중 화장실을 핑계로 자주 사라졌지만 경력도 있고 어느 정도 인지도도 있었기에 대부분 모른 척했다. 그런데 완전히 신인이며 가장 막내 배우인 심플녀가 자꾸만 사라지는 것이다. 게다가 스타병은 진짜로 사라진 거였지만, 심플녀는 언제나 식당이나 숙소에서 간식에 파묻힌 상태로 발각되곤 했다.

감독은 너무나 화가 나서 매 씬마다 욕을 입에 달고 살았다. 다행히 이미 촬영이 시작된 상태라 다른 배우로 교체당하지는 않았다. 드라마가 성공하며 함께 출연한 배우들은 작품 섭외가 끊이질 않았다. 심지어 그 스타병에게도 출연 요청이 이어졌는데 심플녀에게는 아무런 소식이 없었다. 알고 보니 그녀에게 화가 난 감독이 원래 후궁이었던 그녀의 배역을 궁녀로 편집해 그녀의 분량이 적어졌기 때문이었다.

그때부터 연예계에 심플녀에 대한 안 좋은 소문이 돌기 시작했다. 스타병이 저지른 일들까지 모두 그녀의 행동으로 소문이 나면서 그녀는 거의 3년을 쉬어야 했다. 3년간 카메라 앞에 선 횟수가 손에 꼽힐 정도였다. 그리고 영화계에 막강한 영향력이 있던 전공 교수에게서도 버림받았다.

작품에 못 들어가니, 돈줄이 끊기는 것은 당연한 일. 통장 잔액은 억 단위에서 백만 원, 십만 원 단위로 빠른 속도로 줄어갔다. 세상이 온통 암흑 같았다. 그녀에게 돈은 든든함이고 먹는 것은 즐거움인데, 든든한 갑옷 같던 돈이 없으니 어디에 살짝 부딪치기만 해도 온몸이 으스러질 것 같은 기분이 들었다.

하지만 돈이 없다고 삶의 의욕까지 사라진 것은 아니었다. 그녀는 오히려 돈에 대한 욕망을 더욱 드러냈다. 그녀는 돈을 좋아하는 사람만이 돈을 쥐는 법이라고, 그게 바로 노력을 아는 사람에게 하늘이 응

답해 주는 방식이라고 말하곤 했다. 그녀는 잡지 속 명품 가방, 명품 시계, 수입 자동차의 사진을 오려서 벽에 붙여 놓고 그 위에 자신의 이름을 적었다. 그리고 매일 스스로에게 다짐했다.

'반드시 내 것이 될 테니 두고 봐'

아침에 일어나면 침대에 앉아 핸들을 잡은 것처럼 손을 좌우로 움직이며 운전하는 흉내를 냈다. 이쯤 되니 주변에서는 그녀가 어디 아픈 게 아닌가 걱정하기도 했다. 그나마 다행히 돈이 없다고 해서 돈에 심각하게 인색하지는 않았다. 그저 계산을 정확하게 할 뿐이었다. 만 원에 살 수 있는 물건이라면 절대 2만 원을 쓰지 않았다. 예를 들어, 지하철 입구 노점에서 작은 장식품이 마음이 들어 사려는데 물건 가격이 4만 원이면 그녀는 만 원을 부른다. 당연히 안 판다는 상인에게 그녀는 고상한 몸짓으로 만 원짜리를 획 던지며 말한다.

"만 원에 하자고요. 왜요? 지금 만 원 무시하는 거야?"

처음에는 우리 모두 그녀가 미쳤다고 생각했지만 그녀가 한 사업가와 결혼하며 그녀의 위시리스트를 전부 손에 넣자 이제는 우리가 미칠 지경이 되었다. 다른 홈메이트 한 명은 그녀 이야기가 나올 때마다 부러움에 질투, 미움까지 섞인 말들을 쏟아냈다. 그때 자기들이 어떤 기분이었는지 아무도 이해하지 못할 거라고 했다. 대학 졸업 후 취업준비로 고군분투할 때 그녀가 결혼 소식을 알려왔다. 최고급 호텔 결혼식이었다. 중앙에는 호박 마차가 있었는데 알고 보니 케이크였다. 동화 같은 결혼식이 시작됐다. 그녀의 손을 잡고 들어오는 열 살 넘게 차이 난다던 신랑은, 심지어 잘생기기까지 했다. 친구들은 양심도 없다며 그녀를 비난했다. 결정적으로 마음이 상했던 것은, 다들 겨우 취직해서 월급을 받았건만 월급의 반이 그녀의 축의금으로 나갔다는 사실이었다.

그녀를 비난했던 홈메이트는 죽을 때까지 잊지 않을 것이라며, 그녀가 베이징에 놀러 올 때마다 지갑을 다 털어 버리겠다는 듯이 어떻게든 그녀를 뜯어 먹으려 했다. 아, 여자의 복수심이란…….

얼마 전 그녀는 네덜란드로 여행을 갔다가 항저우로 돌아가는 길에 우리를 만나러 베이징에 들렀다. 그녀는 치즈와 비스킷이 가득한 가방을 뒤져 기획서 하나를 꺼내더니, 베이징의 유명한 레스토랑을 항저우에도 낼 생각이라고 했다. 결혼에 이은 그녀 인생의 두 번째 비즈니스이기도 하고, 동시에 먹고 싶은 음식을 매일 마음껏 먹을 수 있을 것이라며 의욕을 드러냈다.

그저 먹고 싶은 음식을 매일 먹고 싶어서 레스토랑을 낸다니. 정말이지 단순한 그녀의 생각에 우리는 또 한 번 충격받았다.

다른 친구 말에 의하면 그녀는 옛날부터 항상 이런 식이었다고 한다. 자기 얼굴 사진을 오려서 잡지 속 모든 비싼 차에 갖다 붙이고, 매일 밤 자기 전 남자 배우 웨이보에 접속해서 이 남자가 내 미래의 남자 친구라고 스스로에게 최면을 거는 식이다. 물론 이 우주가 그녀 바람을 다 들어줄 만큼 한가한 것은 아니었지만.

대부분이 행복하지 않다고 생각하는데
그건 자기가 뭘 원하는지 몰라서 그래

얼마 전에 일 때문에 항저우에 갔다가 그녀와 그녀의 남편을 만났다. 결혼한 지 꽤 됐지만 권태기는커녕 여전히 깨가 쏟아지는 모습이었다. 그들은 그동안 단 한 번도 싸운 적이 없다고 했다. 그녀의 남편은 그녀가 똑똑한 데다 만족할 줄 아는 점이 매력이라고 했다.

남자는 돈을 많이 쓰고 많이 요구하는 여자를 두려워하는 것이 아니다. 남자가 두려워하는 여자는 남자가 가진 것을 '애매하게' 원하면서, '애매한' 기준대로 자기를 사랑해 주길 원하는 그런 여자이다.

그날 밤 우리는 유명한 재즈바에서 술을 마셨다. 못 마신다고 거절했는데도 부부가 계속 먹이는 바람에 결국은 취하고 말았다. 술김에 어렴풋이 그녀의 이야기를 들었던 기억이 난다.

"이 세상에 제대로 사는 법을 아는 사람은 별로 없어. 대부분이 행복하지 않다고 생각하는데, 그건 자기가 뭘 원하는지 몰라서 그래. 나 원래부터 돈 좋아했잖아. 그래서 난, 숨기지 않고 돈을 입에 달고 살았어. 다른 사람들이 다 알도록 말이지. 정확한 인생 목표가 있었기 때문에 행동으로 옮길 수 있었던 거야. 돈이 생길 때마다 얼마나 성취감이 큰지 몰라. 먹는 것도 마찬가지고. 어떤 사람들은 날씨에 따라 기분이 왔다 갔다 하고, 상대방으로 인해 행복했다 불행했다 그래. 그런데 그런 건 오래 못 가. 자기 자신을 정확하게 이해하고 있어야 인생이 만족스러워지는 거야."

그녀의 이야기를 듣고 있는데 뭔가 머릿속에서 반짝했다. 술 취하니까 완전 작가가 따로 없었다.

연말에 드디어 그녀의 레스토랑이 문을 열었다. 매출도 굉장했다. 사장이 맨날 손님들 틈에 앉아서 같이 먹으니 모두가 좋아할 수밖에. 가끔씩 어떤 사극에서 궁녀로 출연했던 분 아니냐고 묻는 손님도 있다. 한번은 민망해하며 당시를 떠올리다가, 그때 그 스타병이 촬영 중 자주 사라졌던 이유가 촬영장에 남자친구가 왔기 때문이었다고 무심결에 말해 버렸다. 야간 촬영 때 몰래 도망 나와 야식을 먹다가 스타병과 웬 남자가 손을 잡고 있는 것을 본 것이다. 그 남자는 멀리서 봐도 딱 연예인이었다.

대체 그 남자가 누구였는지 다들 궁금해서 미치려는 순간, 그녀는 잘 안 보였다며 무심하게 말을 끝낸다. 그녀가 좋아하는 팥빵이 막 나왔기 때문이다.

삶을 대하는 가장 멋진 태도란, 내가 어떻게 살아야 즐거운지 아는 것이다. 누군가는 자신이 '장미꽃'을 좋아한다는 사실을 알지만, 누군가는 그냥 '꽃'을 좋아한다고 말한다. 그게 바로 다른 점이다.

미래에 관해 의문이 들 때는
현재 내가 할 수 있는 일이 무엇인지
생각해 보는 거야

story 11

꿈이 내 것이 되는 시간

어릴 적 꿈을 잃고
막막하게 살아가는 남자
M

/

가끔씩 초조하고 힘든데 대체 뭐가 문제인지 모를 때가 있다. M에게는 일상이 그렇다. 할 일은 많은데 뭐부터 해야 할지 모르겠고 정신이 아득해지는. 그럴 때마다 그는 괜히 손톱을 잘근잘근 물어뜯으며 초조해한다.

"이상하게, 갖고 싶은 것과 이미 갖고 있는 것은 항상 정반대더라."

❄❄❄

M은 한때 촉망받는 사진작가였다. MP4에 카메라가 달려 있던 중학생 시절에 그는 나이에 걸맞지 않게 수준 높은 사진을 찍어서 사람들을 놀라게 했었다. 교실에서 친구들이 다양한 포즈로 자는 모습들만 몰래 찍은 '자는 모습 퍼레이드'는 인터넷에서 인기를 얻으며 '사진 신동'이라고 불리기까지 했다.

고2 때 자신의 DSLR을 갖고 나서는 사진에 대한 열망이 더욱 커졌다. 가입한 인터넷 커뮤니티만 해도 수십 개였고, 수업 시간에는 필기 대신 출사 계획을 짰다. 남는 용돈은 사진 잡지를 사는 데 다 썼고, 주말에는 공원에 나가 사진을 찍었다. 당시 열정적인 그의 모습에 나를 포함한 주변 사람들은 머지않은 미래에 저 잡지들 속에서, 혹은 서점의 사진 코너에서 그의 이름을 볼 수 있을 것이라 믿었다.

하지만 미래는 아무도 알 수 없는 법. 그는 사진과는 아무 상관 없는 여행사 직원이 됐다. 매일 하는 업무는 각기 다른 형식의 신청서를 작성하는 것이었고, 어쩌다 한 번씩 새벽에 일어나 영사관으로 가서 고객의 비자 면접을 돕기도 했다. 매번 다른 사람들을 다른 여행지로 보냈지만, 자신은 늘 같은 자리에 남겨졌다.

나는 졸업과 동시에 베이징에 왔기 때문에 고작 일 년에 몇 번 고향집에 내려갈 때나 그를 만났다. 동급생들에게 노랑머리를 유행시키고 반항기 가득한 얼굴로 한쪽 눈을 찡그리며 멋지게 셔터를 눌러대던 남학생이 이제는 세상에서 가장 평범한 남자가 돼 있었다. 사람들 사이에 섞여 있으면 찾아내기 힘들 정도로 평범한, '저기요'라고 부르면 바로 뒤를 돌아볼 것 같은 그런 남자 말이다.

사진에만 빠져 지낸 덕분에 고3 때 그의 성적은 바닥을 쳤다. 그때 난 그에게 이런 충고를 했었다. 어떤 일에 몰두함으로 현재 중요한 일을 등한시하게 된다면, 그 일은 잠시 그만둬야 하는 것이라고. 사진을 잠시 내려놓으라는 내 충고를 그는 결국 받아들이지 않았다. 뒤늦게 현실을 깨닫고 마지막 몇 달을 공부에 매달려 봤으나, 대학에 겨우 들어갈 성적표를 들고 부모님 앞에 무릎을 꿇어야 했다.

대학이 중요한 이유는 대학 졸업장이 취업을 위한 주요 스펙이기 때

사람마다 속도도 다르고 처한 상황도 다르다
때로는 상상보다 실천이 확실한 답을 주기도 한다

문만은 아니다. 그건 일종의 영향력 문제이다. 대학에서 어떤 사람들과 어울리느냐에 따라 내 그릇 사이즈가 정해진다. 3년간의 전문대 생활 내내 그와 함께한 것은 기숙사 방 안 코를 찌르는 담배 냄새와 밤새 끊이질 않는 키보드 소리였다. 대학 친구들의 취미는 마작, 야동, 쇼핑, 게임 정도였고, 그들에게 '꿈' 같은 키워드는 과분한 고민거리였다. 인생은 그저 살아가다가 죽는 것뿐이고, 결혼해서 애 낳고 잘살면 그걸로 되는 것이라고 생각했다.

"사진으로 밥이나 먹고 살 수 있을까? 인터넷 보면 나보다 잘 찍는 사람 천지던데."

자기 자신을 믿지 못하고 스스로에게 비아냥거리던 그는 결국 평범한 길을 선택했다. 인간이란 현실과 타협하기 쉬운 존재이다. 이상과 현실 사이에서 생존은 보다 현실에 가깝게 서 있다. 일단 살아가는 게 중요하기 때문이다.

한번은 그가 부부싸움을 했다며 칭두에서 내가 있는 베이징까지 날아와 휴가를 보낸 적이 있다. 내게는 싸웠다고 말했지만 사실 화난 와이프를 피해 도망쳐 나온 게 분명했다. 퇴근 후 컴퓨터 앞에 붙어 있지 않으면 하릴없이 침대에서 뒹구는 그를 그의 와이프는 꼴 보기 싫어했다. 술을 반 병쯤 마신 그는 푸념을 늘어놓기 시작했다.

"인터넷이나 뒤적거리고, 드라마 보면서 시간 허비하고, 그러다 지겨우면 휴대폰 게임이나 하고…… 나라고 뭐 좋아서 그러는 줄 알아?

맨날 똑같은 신청서만 쓰고 앉아있는 내가 그냥 머저리 같아. 집에 와서 소파에 삐대고 있지 않으면, 뭐, 총 메고 전쟁터라도 나갈까? 저녁에 누구 좀 만나 볼까 싶어도, 누구에게 연락해야 할지 모르겠어. 열심히 살아야 한다는 거 나도 알아. 나도 한 번씩은 자기계발서나 명언집 같은 거 사서 본다고. 읽을 때는 막 의욕이 넘치는데, 자고 일어나면 또 말짱 도루묵이야. 몸보다 열정이 더 먼저 늙나 봐."

나는 취미로 시작했다가 나중에 스튜디오도 오픈하고 전 세계를 다니며 사진을 찍는 친구, 어시스턴트로 경력을 쌓은 뒤 잡지사의 수석 포토그래퍼가 된 친구 등 화제를 사진으로 돌려보려 했다. 하지만 그의 반응은 그저 침묵뿐. 대화는 흐지부지 끝나곤 했다.

언제부터인가 우리는 즉각적인 결과만 바라온 것 같다. 최선을 다했을 때 좋은 결과를 기대하는 것은 당연하다. 하지만 모든 일에는 변수가 존재한다. 당시의 환경과 심리 상태 등 내가 어쩔 수 없는 변수들. 장거리 달리기를 하다 보면 중간에 한 번은 위기가 온다. 이때 잠시 쉬었다가 다시 달리려고 하면 이미 페이스를 잃어 몸이 마음처럼 안 따라준다. 반면 속도가 느려져도 이를 악문 채 멈추지 않고 달리면 목적지에 도착하고, 그 후에도 다음 단계를 준비할 여유까지 생긴다.

많은 사람이 종착점이 보이지 않는 길에서 초조해 하다가 결국 그 길을 포기한다. 자신에 대한 믿음이 부족하기 때문이다. 사람마다 속도도 다르고 처한 상황도 다르다. 때로는 상상보다 실천이 확실한 답을 주기도 한다. 갈림길에서 계속 고민하느니 일단 행동으로 옮겨보자. 미래에 대해 이런저런 의문이 들 때는 현재 내가 할 수 있는 일이 무엇인지 생각해 보는 거다.

50점의 그릇을 가진 사람은 50점만큼의 결과를 얻는다. 그런데 자꾸만 100점짜리 시험지를 들여다보고 있으니 괴로워 죽겠는 거다. 노력이 반드시 기대한 결과를 가져다주는 건 아니다. 내가 지금 할 수 있는 일을 잘 해내고 있는지부터 생각해 보자. 이 과정을 잘 마무리하면, 또 다른 미래가 나를 기다리고 있을 것이다.

성공하는 사람들에게는 포기란 없다. 그들은 각 단계마다 자신이 무엇을 할 수 있는지 안다. 그리고 그 결과가 크든 작든 겸허히 받아들인다.

이 책에 M의 이야기를 담기로 결정한 것은 며칠 전 그가 보낸 엽서 한 장 때문이다. 그가 직접 인쇄한 엽서의 사진 속에는 어떤 뚱뚱보가 책 위에 엎드린 채 잠들어 있다. 뒤룩뒤룩 살찐 볼에 눌려서 입술은 거의 숫자 8 모양이 됐다. 난 깔깔 웃으며 그를 향한 애정 섞인 욕설을 내뱉었다. 엽서 속의 그 뚱뚱보가 바로 나다.

사진의 반대 면에는 간단히 몇 자 적혀 있다. 손글씨가 꽤 보기 좋다.

누군가는 나서서 이런 흑역사를 기록으로 남겨줘야 하지 않겠냐.

나 회사 그만뒀다. 여행 떠나.

갖고 싶은 것과 이미 가진 것은 항상 정반대이다. 원하는 것은 아직 내 것이 아니고, 이미 가진 것은 이제 별것 아니라고 생각되기 때문이다. 인생은 짧다. 허송세월을 보내기엔 시간이 너무 아깝다. 또한 인생은 길다. 꿈을 내 것으로 만들려면 어느 정도의 시간이 흘러야만 한다.

'M은 지금쯤 베트남 나짱 해변이겠지? 석양을 찍고 있으려나?'

그가 무슨 이유로 갑자기 생각을 바꿨는지는 모른다. 그런데 문득 학창 시절 사진첩을 펼쳐 그가 사진으로 남겨 놓은 유치한 추억들을 보다가 갑자기 그 이유를 알 것 같았다. 나중에 이 사진들을 보게 될 또 다른 '피해자'들은 아마도 나와 같은 심정이겠지. 추억을 기록해 준 그에게 정말 고맙다. 그리고 나는 믿는다. 현재 그는 꿈을 향해 다시 활짝 피어나는 중이란 것을. 그리고 이제부터 그의 인생은 쉼 없이 힘차게 달리게 되리란 것을.

평범함 속 특별함

눈앞의 그림자, 두렵지 않아요.
바로 내 뒤에 빛이 있다는 걸 알고 있으니까요.

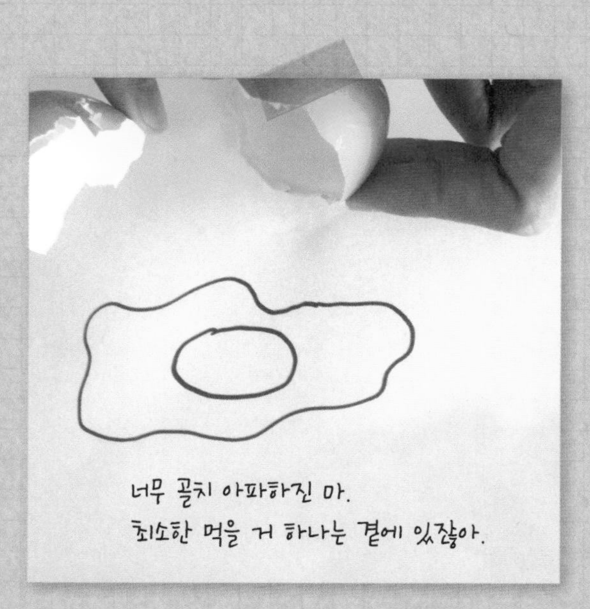
너무 곯지 아파하진 마.
최소한 먹을 거 하나는 곁에 있잖아.

곁에 있는 사람들을
소중히 여기자.
그들이 함께한다는 건
기적이나 다름없거든.

마구 꼬인 일들,
가위로 싹둑 잘라내면
속이 시원해지지.

평범한 음식도
가끔은 굉장히 맛있다.
중요한 건
무엇과 함께 했느냐 겠지.

울고 싶을 땐 실컷 울어.
하지만 스스로를
치유하는 방법은
알고 있어야 해.

보이는 게 다는 아니야.
보잘것없어 보이는 게
실제로 더 강력할지 몰라.

삶에 여러 가지
양념을 섞어 봐야
다양한 기회도 생기겠지.

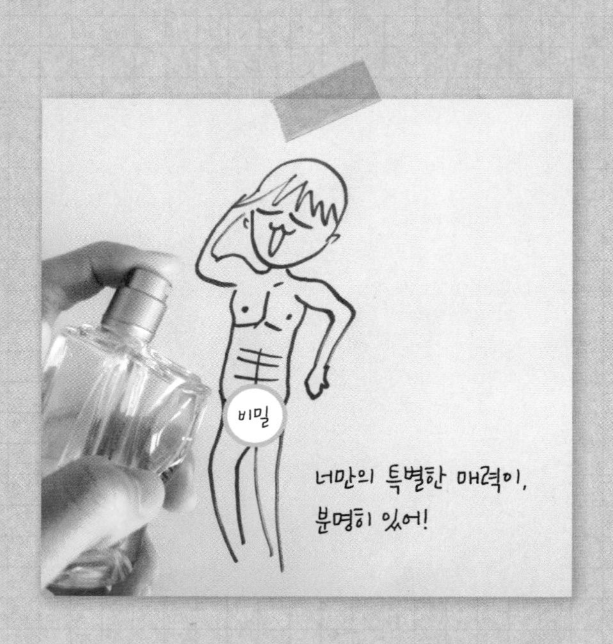
비밀
너만의 특별한 매력이,
분명히 있어!

누가 날 소중히 여기는지

나는 누굴 소중히 여기는지

판단해 볼 필요가 있어

story 12

평생 내 곁에 있을 친구

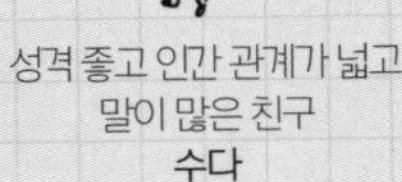

성격 좋고 인간 관계가 넓고
말이 많은 친구
수다

/

수다에게 전화가 왔다. 요즘 어떠냐고 묻길래, 바빠 죽겠지만 그래도 바빠서 좋다는 이야기를 하면서 자연스레 다른 친구들 근황도 물었다. 오랜만의 통화에 신 나게 이야기를 하고 있는데 수다는 아무 말 없이 듣고만 있었다. 왕년에 '한 수다'했던 그녀가 말이다. 순간 말을 멈춘 나는 다시 그녀를 불렀다.

"여보세요?"

❄❄❄

수다는 파티퀸이었다. 엄청나게 예쁘거나 포스가 있지는 않았지만 파티 분위기를 정말 잘 띄웠다. 처음에는 못 마신다고 빼다가도 금방 어깨동무를 하면서 말도 놓고 "여기 한 병 더!"를 외치는 식이다. 그런 그녀는 늘 친구들 모임의 중심에 있었다. 노래방에 가면 테이블 위에 올라서서 듣도 보도 못한 게임을 진행했고, 술집에 가면 정신 없이 퍼마시며 친구들을 끌어다가 게이와 봉춤을 추게 했다. 말솜씨도 좋고 항상 에너지가 넘치다 보니 그녀 곁에는 늘 친구가 많았다.

당시 난 그녀를 따라다니며 나름의 '문란한' 생활을 했다. 싼리툰 타이구리에 가면 지나가는 사람의 절반은 아는 사람이었고, 어느 술집에 들어가든 그곳의 사장님은 우리를 반갑게 맞이하며 술값을 깎아 줬다. 진짜 신기했던 건 매번 술 마실 때마다 술집에 있는 사람들이 그녀를 중심으로 모인다는 것이다. 또 새벽에 집에 들어갈 때 출출해서 그녀의 집 근처 꼬치집에 가면 우리가 메뉴를 말하지 않아도 사장님은 그녀가 뭘 좋아하는지, 뭘 빼야 하는지를 알아서 준비해 주셨다. 술에

너무 취해서 수다의 집에 가서 잔 적도 많았다. 그때마다 그녀의 룸메이트는 능숙한 모습으로 내가 잘 소파를 깨끗이 정돈해줬다. 이 세상의 모든 것, 심지어 꽃과 풀마저도 모두 그녀의 친구인 것 같았다.

언젠가 친구들과 이런 게임을 한 적이 있다. 휴대폰 연락처에서 아무나 골라 전화한 뒤 곧바로 어떤 단어를 말하는 게임이었다. 나는 계속 벌칙을 받았다. 연락처에 저장해 놓은 사람이 몇 명 안 되다 보니 친하지 않은 사람이 자꾸만 걸렸고, 나는 그때마다 얼굴이 빨개져선 어색하게 전화를 끊었다. 하지만 수다는 달랐다. 저장해 놓은 사람이 얼마나 많은지 게임 끝날 때까지 연락처 한 바퀴를 다 돌리지 못했다. 수천 개의 연락처 중 겨우 골라 '누구누구 사장님', '누구누구 선생님' 같은 사람에게 전화를 해도, 그녀는 어색해 하기는커녕 하하 호호 웃으며 즐겁게 통화를 마쳤다.

가끔은 그런 그녀가 부럽기도 했다. 나는 만날 기회도 없는 사람들을 친구로 알고 지내니 말이다. 친구 관계를 유지하려 굳이 애쓰지 않아도 그녀는 언제나 인맥의 중심에 있었다.

하지만 작년 설날을 계기로 모든 것이 달라졌다. 류머티즘을 앓고 계시던 수다의 아버지는 설 전날 증상이 악화되어 병원에 입원하셨고, 2주 넘게 걷지도 못하고 병상에만 누워 계셨다. 어릴 때 부모님이 이혼하셔서 늘 아버지를 돌봐 온 그녀였음에도, 그렇게 일이 생기니 주변 친척 어른들은 약속이나 한 듯 핀잔을 줬다.

"아버지 몸도 안 좋은데, 딸이라는 게 아직도 저렇게 놀러나 다니고 있으니…… 이제 곧 서른인데 시집도 안 가고. 이번에 지 아빠 위해서 몇 푼이나 내놓는지 봅시다."

하지만 잔뜩 화가 난 얼굴로 대꾸도 하지 않는 그녀를, 친척들도 대놓고 뭐라고 할 수는 없었다. 연휴가 끝나고 돌아온 그녀는 더 이상 예전의 그녀가 아니었다.

징 박힌 옷과 바지는 다 갖다 버렸고, 밤에 화장하고 외출하는 일도 더 이상은 없었다. 매니저 일도 그만두고는 앞으로 전망이 좋다는 부동산 회사에 취직했다. 화려한 조명이나 술잔 사진을 올리던 웨이씬 그룹에 이제는 자기가 만든 음식 사진을 올렸다. 새벽에 혼자 야근한다며 텅 빈 사무실 사진과 툴툴거리는 글도 올렸다. 내가 만나자고 해도 매번 야근을 핑계로 거절했다. 나는 더 이상 참지 못 하고 그녀를 데리고 우리가 자주 가던 꼬치집으로 갔다.

나는 소주 몇 병을 시켜 놓고 그녀를 자극할만한 말을 하기 시작했다.

"요즘 지내는 거 보니까 아무래도 예술, 이쪽 스타일은 원래 아니었던 것 같다?"

처음에는 조신한 새댁이라도 된 양 안 마신다고 연거푸 거절하더니, 내가 먼저 석 잔을 연이어 쏟아붓자 그제야 그녀도 잔을 가볍게 부딪치곤 한입에 털어 넣었다. 결국 취한 그녀는 의자 등받이에 기대앉아 조용히 눈물을 흘리며 말했다.

"우리 아빠 다리, 고쳐야 해. 안 그럼 평생 못 걸을지도 몰라. 친척 어른들도 다 지켜보고 있어. 뭐, 그분들이 겁나서가 아니라, 아빠한테 미

아직 우리는 사랑도 우정도 미완성일 수밖에 없다

안해서. 평생을 그렇게 혼자 외롭게 지냈는데…… 난 모아놓은 돈도 없어, 다 노는 데 써서. 친구들한테 빌려달라고 했더니 아무도 안 빌려주더라. 그거 알아? 내가 외로운 건 혼자라서가 아니야. 옆에 친구들을 한가득 두고도 걔들 마음속에 들어가지 못했다는 거, 그 사실이 날 너무 외롭게 만들어. 난 모두에게 똑같이 잘해 주려고 한 건데, 다들 내가 자기들을 중요하게 여기지 않았다고 생각하나 봐."

그랬던 것 같다. 늘 주변에 사람이 많았던 그녀이기에, 그녀가 힘들 때 누군가가 도와줄 거라고, 도움이 필요할 때 누군가가 손을 내밀 거라고, 사랑하고 싶을 땐 누군가가 있을 거라고 모두가 생각했는지도 모른다. 그래서 그녀에게도 누군가가 필요하다는 것을, 어느 누구도 눈치채지 못했나 보다.

친구가 그냥 아는 사람과 다른 점은 바로 관심이 필요하다는 점이

다. 살면서 수많은 친구를 사귀어도 결국 진정한 친구는 한두 명뿐인 이유도 바로 이 때문이다. 우정도 사랑도 마찬가지다. 서로 마음이 통해야 한다. 당신이 그를 좋아하는 이유는 그가 다른 사람과 다르기 때문이다. 그가 당신을 좋아하는 것도, 당신이 그를 대하는 것이 다른 사람과 다르기 때문이다.

예전에 수다와 몰려다녔던 친구들은 모두 흩어졌다. 예전과 달라진 그녀에게 그 이유를 묻는 친구는 없었다. 그저 잘 지내는 것 같아 보이니, 그런가 보다 하며 자연스럽게 멀어져 갔다.

며칠 전 그녀와 통화했을 때로 돌아가보자. 손바닥에 땀이 나기 시작한 나는 휴대폰을 반대편 손으로 옮겨 쥐었다. 그리고 여전히 아무 소리도 내지 않는 그녀를 향해 혼자 이야기하기 시작했다.

"사람 감정이 무한대로 있는 것은 아니잖아. 주변 사람을 다 챙길 수는 없어. 네가 친구들을 모두 똑같이 대한 것처럼, 그들도 너를 다른 친구들과 똑같이 대한 것뿐이야. 좋은 친구, 나쁜 친구? 그런 건 없어. 진정한 친구라면 좋든 싫든 안 보고 살 수가 없거든. 아침마다 울려대는 알람 시계 같은 애증의 관계랄까? 평생 너를 떠나지 않을 친구, 그런 친구가 딱 두 명만 있으면 돼."

울릴 생각은 아니었는데, 그녀는 가슴속 모든 괴로움을 잊으려는 듯 엉엉 울었다.

두려워하면 할수록 그 두려움은 점점 더 현실과 가까워진다. 지금의

내 모습은 과거에 느끼고 생각해온 대로 만들어진 것이다. 그녀가 친구들 사이에 중심이 되고자 했던 것은, 어쩌면 스스로에게 자신이 없었기 때문일지도 모른다. 사람들의 주목과 관심을 우정으로 해석하고, 그래서 외롭지 않다고 스스로 위안했을지도 모른다.

하지만 진정한 우정은 그런 허상이 필요하지 않다. 아직 우리는 사랑도 우정도 미완성일 수밖에 없다. 그렇다 하더라도 마음속으로 판단해 볼 필요는 있다. 누가 날 소중히 여기는지, 나는 누구를 소중히 여기는지. 그런 과정을 통해 더 멋지고 견고한 우정을 쌓을 수 있지 않을까?

그녀는 오랫동안 연락하지 않은 사람들의 전화번호를 다 지웠다. 그리고 가깝게 지냈던 친구들을 집으로 초대해 저녁 식사를 대접했다.

식사 후 우리는 다같이 그녀가 맡은 프로젝트에 대해 아이디어를 주고 받았다. 내년 설날에 고향에 내려갈 때쯤이면 그녀는 아버지와 친척분들이 모두 놀랄 만큼 멋진 커리어 우먼이 돼 있을 것 같다.

지구는 태양을 중심으로 돌지만 스토리가 만들어지는 곳은 태양이 아닌 지구별이다. 나는 당신이 가만히 그 자리에 있는 태양이 아닌 하나의 스토리를 가진 별이 되었으면 좋겠다. 그리고 친구들이 언제든 찾아가서 기댈 수 있는 든든하고 포근한 사람이 됐으면 좋겠다.

내가 꿈꾸는 모습의 사람이

주변에 있는가?

story 13

친구가 중요한 이유

현실에 안주하는
시야가 좁은 남자
근시남

/

누구나 시작할 때는 목표를 높게 잡는다. 하지만 정작 목표를 향해 달려가다 보면 그 과정이 고달프고 힘들어서 쉽게 지치고 만다. 옆에서 함께 뛰던 사람이 숨을 헐떡이며 땀을 닦으면 덩달아 멈춰 서서 같이 쉬다가, 결국은 이 정도도 충분하다며 적당한 선에서 자신과 타협을 한다. 하지만 시간이 지나고 나면 이제는 정말로 불가능해진 그 목표가 내심 아쉽다.

"무엇을 위해 노력해야 하는지 모른다는 것도 안타깝지만, 정말 안타까운 건 멀리 있을 거라고 생각했던 것이 알고 보니 가까이에 있었다는 사실이야."

❄❄❄

근시안적 사고를 가진 내 친구 근시남은 소도시에서 태어났다. 부모님의 회사 때문에 내내 그 작은 도시에서만 살아온 그는, 초등학교도 집 바로 뒤에 있는 학교로 다녔고 중학교는 걸어서 5분도 안 걸리는 곳으로 다녔다. 고등학교를 졸업하며 이제 좀 멀리 가 보나 했더니, 그 역시 부모님의 뜻에 따라 차로 30분이면 도착하는 대학에 입학했다. 그

래도 대학에 들어가자 처음으로 집에서 멀리 나왔다는 기분이 들었다. 그제야 도시의 전체 모습이 눈에 들어왔다. 월마트가 마트라는 것을 처음 알았으며, 하겐다즈라는 굉장히 비싼 아이스크림이 있다는 것도 그때 알았다.

집이 가난한 것은 아니었다. 그저 온실 속 화초처럼 세상과 단절된 채 살아왔던 것뿐이다. 독자로 태어난 근시남은 오냐오냐 컸다. 세 살 때부터 마음대로 텔레비전을 본 까닭에 초등학교에 입학하면서는 안경을 써야 했다. 그래서 또래 여자아이들이 꽃미남을 보며 이상형으로 삼기 시작했을 때 그는 두꺼운 안경 덕에 찌질이로 불려야 했다. 하지만 누구 한 명은 자신을 좋아해 줄 거라 믿었기에 외모에 크게 신경쓰지 않았고 졸업 후에는 아빠 회사에 들어갈 거라서 성적에 대한 불안감도 없었다.

독립심 제로인 이 친구는 한 학기를 다 보내고 나서야 대학 생활에 적응했다. 그리고 그다음 한 학기는 룸메이트들과 온라인 게임만 하며 보냈다. 강의도 자주 빠졌고, 오로지 기숙사와 식당만 왔다 갔다 했으며, 생활비는 게임 아이템을 사는 데 다 썼다. 당시 네 명이 그렇게 붙어 다녔는데, 그는 바로 이런 것이야말로 그동안 꿈꿔온 대학 생활이라며 만족해했다.

1학년을 마칠 즈음, 게임 멤버 중 한 명이 갑작스럽게 학교를 그만뒀다. 할아버지의 교통사고가 이유였다. 또 한 명은 동성애자라고 커밍아웃을 하더니 남자친구 방으로 옮겼고, 남은 한 명은 여자친구에게 2주 만에 차이더니 매일 시체처럼 누워만 있었다. 같이 할 친구가 없으니 재미가 없었는지 그도 곧 게임을 끊었다. 그러다가 2학년 전공선택 수업 때 파쿠르(도시와 자연에 존재하는 장애물을 활용하는 개인 훈련)를 하는 친구를 알게 됐다. 그 친구의 영향을 받아서 근시남도 머리를 짧게 자르고 저녁마다 운동장을 뛰었다. 수업이 끝나면 학교 건물 여기저기를 뛰어다니며 친구의 훈련 장면을 찍어 줬다. 그랬더니 반 년 만에 근육이 생기고 얼굴이 샤프해졌다. 달라져도 너무 달라졌나. 갑자기 여학생들이 쫓아다니기 시작했고 어떻게 몸을 만들었냐는 질문도 많이 받았다. 근시남 때문에 한때 학교에 '달리기로 몸 만들기' 열풍이 일기도 했다. 그 덕에 학교 축제에서 강연을 하게 된 그가 연사로 무대에 오르자 강당을 가득 채운 여학생들은 환호성을 질렀다. 결국 그는 안경을 벗어 던지고 인생 첫 콘택트렌즈를 끼웠다.

이때부터 그는 과의 공식 꽃미남이 됐다. 자기에게 이런 면이 있는 줄 전혀 몰랐던 그는 '꽃미남'이라는 소리를 들으며 점차 자신감을 키워갔다. 더욱 많은 사람이 그를 알아봤고 그와 친해지고 싶어 했다. 비록 영양가 없는 접근이긴 했어도 그에게는 자신을 새롭게 발견하는 계기가 되기에 충분했다.

그러다가 3학년이 끝나기도 전에 친구의 추천으로 한 회사에 입사하게 됐다. 그 회사는 베이징에 있었고 부모님은 당연히 반대하셨다. 그는 여름방학 내내 부모님을 설득한 끝에 겨우 허락을 받고 홀로 베이징행 비행기에 몸을 실었다.

당시 그는 드라마에 나오는 대도시의 멋있는 모습이나 봐 왔지, 그 화려함과 평온함 뒤에 숨겨진 베이징의 진면목은 알지 못했다. 베이징에 도착한 날 그는 회사를 소개해 준 친구에게 바람맞았고 동시에 일자리도 물거품이 됐다.

그는 10마일의 속도로 세상을 걸었지만, 베이징 사람들은 50마일로 걸었다. 그가 세상에서 가장 패셔너블한 브랜드라고 생각했던 잭앤존스Jack&Jones도 베이징에서는 직영점 하나 볼 수 없었다. 꽃미남 소리를 들으며 쌓아온 자신감인데 궈마오, 싼리툰 같은 핫플레이스에 가면 그 자신감은 땅바닥에 떨어져 순식간에 사라져 버렸다. 부모님이 생각하기에 충분하겠지 싶어 보내주시는 월 20만 원으로는 천안문 뒤쪽

그때 나는 멀리 보지 못했을 뿐 아니라
앞서 가는 사람들도 보지 못했다

의 낡은 집 하나 얻기도 빠듯했다. 몸을 옆으로 기울여야 걸어갈 수 있을 정도로 작은 집이었다. 그래도 위치가 좋아서 나름 만족스러웠다. 이렇듯 그는 시계를 거꾸로 돌린 것처럼 다시 찌질이의 삶으로 돌아갔다. 그렇게 어영부영 반 년의 시간이 흘렀다.

그가 스스로 구한 첫 직장은 어느 국영기업의 웹디자이너 인턴 자리였다. 베이징에서 어떻게 살까 싶을 정도로 월급은 적었지만 부모님은 국영기업이면 안정적이니 얌전히 버티라고 하셨고, 그래서 그는 마음 편히 부모님께 용돈을 받으며 생활할 수 있었다. 베이징에서 인맥을 쌓으려면 회사 친구부터 잘 사귀어야 한다고 믿었기에 입사 첫 주에는 매일 아침 일곱 시에 일어나 샤워도 하고 머리에 왁스도 칠하며 산뜻한 모습으로 출근했다. 그의 그런 노력 덕분인지 동료들도 그를 상당히 좋게 봤다. 하지만 그는 곧 사무실에 있는 사람들 모두가 말이 안 통

하는 안경잡이거나, 축구광이거나, 여자를 밝히거나, 꿈이 없는 답답한 남자들뿐이라는 것을 알게 됐다. 그런 분위기 속에서 근시남도 원래의 그답게 부스스한 머리로 출근하기 시작했고, 출근해서도 온종일 말 한 마디 없이 자리에서 꿈쩍도 하지 않았다.

그 후 근시남은 우연히 연극을 보러 갔다가 친구들을 사귀게 되었다. 그 친구들은 남자와 여자가 적당히 섞여 있었는데 그중에는 배우와 가수도 있고, 동성애자도 있는 자유로운 영혼의 소유자들이었다. 그들은 별 할 일 없는 날에는 럭셔리 오피스텔에 사는 부잣집 친구 집에 모여 보드게임을 하고 놀았다. 근시남은 모름지기 시간이란 이런 식으로 보내야 하는 거라며 회사를 그만두고 집에 처박혀 살았다.

그때 친구의 소개로 인터넷 쇼핑몰 피팅 모델과 사귀게 됐는데, 여자에게 잘 보이고 싶었던 그는 얼굴에 철판을 깔고 그 부잣집 친구 집으로 들어갔다. 부자인 척 여자 친구를 속였지만 결국 한 달을 못 넘기고 발각됐다. 여자 친구는 왜 자기를 속였냐고 화를 내며 바로 헤어지자고 했다. 속으로 짜증이 확 났지만 사실은 근시남도 알고 있었다. 그 이유가 아니었어도 여자는 헤어지자고 했을 것임을.

암울한 날들이 흘러갔다. 그는 망가진 자신의 모습을 보다가 이대로는 안 되겠다 싶어 혼자 여행을 떠났다. 여행을 하며 앞으로 계속 베이징에 머물 것인지에 대해 깊이 고민했다. 하지만 그 상태로 고향에 돌아갔을 때 쏟아질 부모님과 친척들의 어마어마한 질타를 감당할 엄두가 나지 않았다. 결국 그는 다시 베이징으로 돌아왔다. 그리고 새로운 삶을 살리라 결심했다.

그가 다시 일어설 수 있었던 것은 대학 때 사귄 파쿠르 친구 덕분이다. 베이징에 영화 홍보 회사를 차린 그 친구는 근시남에게 일을 좀 도와달라고 했고, 근시남을 포함한 다섯 명의 친구들이 합심한 덕에 회사는 점차 자리를 잡아갔다. 한 번도 발을 담가본 적 없는 업계였기에 고생을 좀 하긴 했지만 워낙 바쁘다 보니 불평불만 할 틈이 없었다.

영화계에는 각양각색의 사람들이 모여 있다. 그래서 진정한 친구를 사귀기 어려운 편이다. 하지만 근시남은 그런 사람을 만났다. 회사에서 진행한 쇼케이스 자리에서 여성 담당자를 만났는데, 말이 얼마나 잘 통하는지 마치 소울메이트를 만난 것 같다는 생각이 들었다. 그 여자는 딱 봐도 활력이 넘치는 사람이었다. 정말 특이하게도 '매력 있는 사람 되기' 강좌까지 들었다고 한다. 삶에 자신감이 넘치는 그녀는 입만 열었다 하면 마음에 힘이 되는 글귀를 줄줄 읊었다. 게다가 근시남은 다른 사람을 통해 잘 고무되는 편이다보니 서로 잘 맞을 수밖에 없었다. 두 사람은 금방 절친한 사이가 됐다.

이제 근시남은 옛날 친구들을 거의 만나지 않는다. 바빠서라기보다는 만나면 어색하고 서먹한데다 서로 공통 화제도 없기 때문이다. 그가 다니는 홍보 회사는 여전히 잘 나간다. 이틀 치 업무를 하루에 다 해야 할 정도로 일이 빠르게 진행되지만 불만은 없다. 그는 이런 말을 했다.

"그때 나는 멀리 보지 못했을 뿐 아니라 앞서 가는 사람들도 보지 못

했던 것 같아."

잘 익은 과일은 에틸렌을 내보내 주위의 덜 익은 과일까지 숙성시킨다. 달지 않은 감도 단 배와 함께 두면 곧 달콤해지기 마련이다. 예쁘지 않은 그릇도 화려한 요리를 만나면 빛을 발한다. 누구나 사람을 잘못 만나 어두웠던 과거가 있다. 어둠 속에서는 곁에 누가 있는지 잘 보이지 않는다. 하지만 어둠이 걷히고 밝은 하늘이 드러나면 곁에 있는 열정적이고 꿈이 크며, 반짝반짝 빛나는 그들을 볼 수 있을 것이다.

얼마 전 나와 근시남은 캐나다에 갔다 온 친구를 만났다. 저녁 내내 이어지는 친구의 여행담을 들으면서 그는 테이블 위에 팔을 괴어 비스듬히 기대앉아 자기만의 상상을 시작했다. 좋아하는 음악을 크게 틀어놓고 왼손은 핸들을, 오른손은 사랑하는 여자의 손을 꼭 잡고 토론토의 국도를 신나게 달리는 자기 모습을 말이다. 근시남은 그 친구가 정말 부럽다고 했다. 그리고 언젠가는 자기도 그런 장면을 만들고 싶다고 했다.

미래를 향해 가는 길이 힘겹게 느껴진다면 스스로 한번 생각해보자. 목표를 너무 높게 잡아서 그럴 수도 있지만 주변 사람들에게 받는 영향도 꽤 클 것이다.

여러분이 꿈 꾸는 모습을 하고 있는 사람들과 가까이 지내자. 우주

는 폭발과 동시에 은하수를 만들기도 했지만 비슷한 사람끼리 서로 끌어당기는 자기장, 그리고 그들 간의 비슷한 운명도 만들어냈다.

모두 모두 더 멋진 사람이 되기를!

무모한 도전

당신이 꿈꾸는 도전들, 내가 함께 해 줄게요.

시간이 없어. 속력을 높이자!

크고 둥근 세상,
앞으로 가는 길에
내가 항상 함께 할게.

가지 못 할 길은 없어.
가지 못 하는 사람만 있지.

이 힘든 시간을 함께 할
누군가가 있어 준다면…

어려운 것에도 한번 도전해 봐.
내가 함께 해줄게.

고통스럽던 시기를 웃으며
추억하는 날이 올 거야.

상처는 나누고

소중했던 감정만 남기렴

story 14

아프다고 말해도 괜찮아

늘 자기에게 상처가 되는 일만
골라서 하는 남자
상처남

/

우리는 외부적 요인으로 상처를 많이 받는다. 하지만 그런 상처는 별로 크지 않다. 진짜 상처는 바로 자기 자신이 만든다.

"나는 사랑을 위해 목숨까지 바칠 수 있어. 설사 내일 날 떠난다 하더라도 어제의 나는 너를 선택할 거야."

❄❄❄

늘 자기에게 상처가 되는 일만 골라서 하는 상처남이 있다. 그는 두 번의 연애에서 모두 일방적으로 버림받았다.

가을이 시작될 무렵 그는 친구의 파티에 갔다가 첫사랑을 만났다. 옆으로 길게 눈화장을 한 그녀는 도넛 박스를 품에 안고 안쪽 자리에 앉아 있었다. 그날 그와 그녀는 몇 마디 나누지 않았다. 화장실에 갈 때 몇 차례 눈만 마주쳤을 뿐이다.

두 사람을 연결해 주려고 친구들이 일부러 그녀를 불렀는지는 모르겠지만, 그날 이후 며칠간 친구들 모임에 그녀가 계속 나타났다. 그때마다 그녀의 손에는 도넛 박스가 들려 있었다. 네 번째 만난 날, 그는 술에 약간 취해 비아냥거리며 말했다.

"대체 그 도넛은 왜 맨날 들고 다녀요?"

"좋아하니까요."

"그럼 당신은 어떤 스타일을 좋아하는데요?"

그는 스스로도 취기가 오르는 게 느껴졌다.

"느낌이 괜찮은 사람? "

"느낌이 괜찮다는 건 어떤 건데요?"

그녀는 그를 바라보더니 곧 손가락으로 도넛 박스를 톡톡 두드렸다. 그리고 슬며시 웃고는 아무 말도 하지 않았다.

달콤한 첫사랑은 그렇게 시작됐다. 친구를 다그쳐서 그녀의 전화번호를 알아낸 그는 적극적이고도 로맨틱한 '공격'을 시작했다. 밤에 집 앞에서 기다렸다가 마실 것을 건네고는 사라졌고, 식당에 가면 같은 메뉴도 매운맛과 덜 매운맛으로 두 개씩 주문해서 그녀를 배려했다.

술자리에서는 그는 흑기사를 자청했으며, 꽃 팔러 자리에 온 아가씨에게 장미 한 송이를 사서 그녀에게 건네는 것도 잊지 않았다.

이렇게 진심으로 마음을 전하면 상대방도 곧 자기를 사랑해 줄 거라고, 그는 그렇게 생각했다.

그리고 두 사람은 정말 사귀게 됐다. 취업 때문에 그녀가 고향인 광저우로 내려간 뒤 서로 매일같이 연락하다 보니 자연스레 장거리 연애 분위기가 조성됐다. "새벽에 자다 깨면 혼자라는 사실에 너무나 외롭다."는 그녀의 투정이 기폭제가 되어 둘은 그렇게 전쟁 속으로 빠져들었다.

그는 그녀의 비위를 참 잘 맞췄다. 그녀의 불평불만도 다 웃으며 받아줬다. 그리고 몰래 서프라이즈를 준비했다. 그는 그녀를 깜짝 놀라게 해 줄 생각에 즐거워하며 광저우로 날아갔다. 초인종을 누르고 기다리는데 안에서 남녀의 웃음소리가 들렸다. 순간 멍해졌지만 인생이 그렇게 막장은 아닐 거라며, 무겁게 들고 올라온 가방의 손잡이를 꽉 쥐곤 다시 초인종을 눌렀다.

"자기가 나가 봐."

그의 귀에 너무나 익숙한 그녀의 목소리를 듣고서야 황급히 가방을 안고 아래층으로 뛰어 내려갔다. 잘생긴 남자가 문을 열고 나왔다. 그 남자는 고개를 내밀어 두리번거리더니 다시 문을 닫고 들어갔다.

그는 계단에 털썩 주저앉아 잔뜩 멋을 부린 머리를 양손으로 쥐어뜯

었다. 처음 만났을 때 그녀가 손가락으로 도넛 박스를 톡톡 두드렸던 의미를 이제 알 것 같았다. 그녀는 자기 곁에 둘 가장 나은 남자를 고르는 중이었던 것이다.

집으로 돌아온 그는 방에 틀어박혀 휴대폰 속 그녀의 연락처만 계속 바라봤다. 하지만 결국 전화를 걸지는 못했고, 그 이후로도 그 번호로 전화 거는 일은 생기지 않았다.

그렇게 첫사랑이 끝났다. 그는 생각보다 많이 힘들어하지 않았다. 도리어 일에만 전념하여 반년 만에 팀장으로 승진했다. 영어를 전공한 그는 동시에 몇 친구와 동업해서 작은 어학원도 차렸다.

사업도 생활도 안정이 되니 그는 조금씩 연애가 하고 싶어졌다. 두 번째 여자를 알게 됐을 때는 그가 막 시내 한복판에 집을 샀을 때다. 여자는 웨이보에서 꽤 유명한 사람이었다. 얼굴도 예쁜 데다가 마치 이슬만 먹고 살 것 같은 느낌의 청순가련형 여자였다. 다른 여자들이 웨이보에 'ㅋㅋㅋ', '이 누나가 어쩌고~' 같은 말을 올릴 때 그녀는 청순한 하얀 원피스를 입고 붓글씨를 쓰는 사진을 올렸다. 다른 여자들이 얼굴이 작게 나온 셀카 사진을 올릴 때 그녀는 자연 풍경 사진을 올렸다. 순수한 팬의 마음으로 그녀의 웨이보에 몇 차례 댓글을 달았는데 생각지 않게 답글을 달아줬다. 그가 영어로 댓글을 썼기 때문이었다.

두 사람은 고급 일식집에서 첫 만남을 가졌다. 속세의 삶을 버리고 선녀의 삶을 사는 듯한 그녀였지만 실제로 만나보니 그저 예쁘게 생긴 보통 여자에 불과했다. 웨이보 글에서 느껴지는 겸손함과 달리 약간 건방져 보이기도 했다. 가장 가고 싶은 곳은 뉴욕이라고 했는데, 이 역시 그간 웨이보에 올린 여행지와는 정반대인 곳이었다. 그녀는 웨이보란 다른 사람에게 보이기 위한 공간일 뿐이라고 했다. 다른 사람이 나를 그렇게 봐 줬으면 해서 그렇게 올리는 것뿐이지, 본인은 사실 굉장히 뜨거운 사람이라면서.

그 뜨거움은 시간이 흐를수록 더해 갔다. 제대로 된 직업 없이 웨이보 광고로 용돈을 벌어 쓰던 그녀는 그와 사귀자마자 그의 새 집에 들어앉아 공주의 삶을 누렸다. 그녀의 성격은 보통이 아니었다. 매일 아침마다 옷장 속의 옷을 죄다 꺼내 침대에 펼쳐 놓곤 마음에 드는 게 없다며 짜증을 냈다. 그는 어쩔 수 없이 매일 새 옷을 사다 날랐다. 또한 얼굴이 알려진 사람이라는 핑계를 들어 밥은 꼭 집에서 시켜 먹거나, 나가더라도 사람이 많은 식당에는 절대로 가지 않았다. 한번은 상하이에 출장 갈 일이 있어 같이 가자고 했는데, 그녀는 멀기도 멀고 자신은 대도시를 별로 안 좋아한다며 단칼에 거절했다. 그런데 앞뒤가 맞지 않는 것이, 뉴욕에 대한 동경심은 굉장했다.

그렇게 삐거덕거리며 사귄 지 일 년 가까이 되던 어느 날, 그녀는 갑자기 미국에 가겠다고 선언했다. 친구가 학교도 다 알아놨기 때문에 토플 점수만 따면 된다고 했다. 그가 가르쳐 준다고 해도 싫다고 하면서 곧 죽어도 유명 학원의 소수 정예반에서 공부하겠다고 우겼다. 그

는 어쩔 수 없이 또 지갑을 열었다. 하지만 몇 개월 뒤 첫 토플 성적표를 받아 보고 그녀는 이내 포기했다. 그리고 미국에서 1년간 어학 코스를 밟는 게 낫겠다고 했다. 이때부터 둘은 돈 문제로 틀어지기 시작했다. 그녀는 자신의 학비를 무조건 그에게 대라고 했다. 가진 돈을 모두 집 사는 데 써서 돈이 없다고 말해도 그녀는 막무가내였다. 태생이 제멋대로인 그녀는 결국 "너희 엄마 아빠 돈 없어? 좀 달라고 해."라는 말을 내뱉기에 이르렀고, 그 한마디로 인해 이 말도 안 되는 연애는 끝을 향했다.

집을 나와 호텔에서 지낸 지 한 달 만에 다시 집으로 돌아간 그는 눈앞에 펼쳐진 광경에 할 말을 잃었다. 마치 도둑맞은 집처럼 집에는 아무것도 남아 있지 않았다. 명품 화장품이며 옷, 심지어 새로 산 텔레비전까지 모두 다 가져갔다. 눈앞의 어지러운 광경을 보던 그는 자기 뺨

을 때렸다. 실성한 사람처럼 울며 웃으며 그렇게 집을 나왔다.

그는 지금도 가끔 그녀의 웨이보에 들어가 본다. 출국한 사실에 대해서는 전혀 언급이 없고, 여전히 자연 속에서 세상 물정 모르고 사는 사람인 척하고 있다. 하지만 그는 한눈에 알 수 있다. 그 뒤에 숨겨진 진실을.

그가 베이징에 올 때마다 우리는 만나서 지난 이야기도 하고 근황도 나눈다. 두 번의 연애 경험은 그를 성장시켰다. 그는 다른 사람에게 자기의 과거 연애 이야기를 많이 하는데 표정이 어찌나 담담한지 마치 남의 이야기를 하는 것처럼 보인다.

"예전에는 상처를 감추려고만 했어. 다른 사람이 그 상처를 볼까 두려웠거든. 그런데 생각해 보니 다른 사람과 아픔을 나누는 것도 괜찮겠더라고. 그러면서 지난 몇 년간 내가 한 바보 같은 짓을 잊지 않고 기억할 수도 있고."

아파 본다는 것이, 나쁜 일만은 아니다. 최소한 같은 병으로 다시 아프지는 않을 테니까. 그의 첫사랑이었던 광저우 여자는 결국 돈 많고 잘생긴 남자와 결혼했다고 한다. 그런데 그 남자가 자꾸만 바람을 피운다며, 그에게 다시 만나자고 몇 번 연락이 왔었다고도 한다. 또 웨이보 여신은 연예기획사와 계약을 했는데 여자 사장 눈 밖에 나서 데뷔도 못하고 방치된 상태란다.

"뭐, 그렇게 나쁜 과거는 아니었어."

그는 이렇게 말한다. 아마 그에게 상처를 입혔던 그녀들도, 이렇게 생각하고 있을 거다.

친구는 우산과 같은 존재야
비가 와야지만 꺼내서 쓰지

story 15

그 시절 그립다

한때 둘도 없는 친구였으나
시간이 흐르면서 자연스레 멀어진
아하오

아하오는 부잣집 아들이다. 우리가 처음 만났던 열두 살 때 난 아하오가 얼마나 부자인지 잘 몰랐다. 그저 우리가 한 학기 내내 치토스를 사 먹어야 모을 수 있는 양의 딱지들을 하루 만에 갖고 오는 아이, 며칠 간격으로 가방이 바뀌는 아이 정도로만 알고 있을 뿐이었다. 매일같이 아하오와 붙어 다녔던 나는 그때 유행하던 영화 〈무극〉의 이 대사를 체감하곤 했다.

"이 친구 옆에만 있으면 고기는 얻어먹어."

❄❄❄

당시 나는 꽤 뚱뚱했지만 사실 덩치만 컸지 늘 병을 달고 사는 약골이어서 한 달에 한 번은 링거를 맞았다. 링거를 맞을 때마다 간호사가 손등 혈관을 못 찾아서 매번 발등까지 바늘에 찔려야 했는데, 정말이지 괴로운 일이었다. 그래도 난 아픈 게 좋았다. 방과 후에 아하오가 병원으로 달려와 게임기를 빌려줬기 때문이다.

뚱뚱한 나에게 운동은 당연히 악몽이었다. 하지만 운동회에서는 누구나 한 종목 이상 참여해야 했다. 아하오가 담임 선생님을 부추긴 바람에 나는 투포환 선수로 결정됐다. 하지만 시합 당일 허리가 삐끗했고, 그 후유증으로 지금도 운동만 하면 허리가 아프다. 글짓기에 재주가 있고 글 쓰는 속도도 빨랐던 나는 투포환을 대신할 내 자리를 찾아냈다. 바로 100자 단편 기사를 쓰는 운동회 통신원이었다. 장거리 달리기와 멀리뛰기 종목에서 상장을 받은 아하오에게 질세라 나는 백 편 넘게 열심히 기사를 써냈고, 결국 운동회 종목과는 상관없는 성실상을 받아냈다. 물론 상을 받기 위해 단상으로 올라가며 아하오에게 한쪽 눈을 찡긋하는 것을 잊지 않았다. 그때 이야기가 나올 때마다 아하오는 나를 안쓰러워한다.

"네가 140자짜리 웨이보를 괜히 잘 쓰는 게 아니었어. 그게 다 어릴 적 연습의 산물이구나."

아하오에 이끌려 처음으로 피시방에 간 것이 중학교 2학년 때였다. 청소년이 피시방에 가면 잡혀가는 줄로 알았던 나는 그날 오줌을 지릴 뻔했다. 하지만 내 인생의 첫 온라인 게임을 시작한 순간, 눈앞에 천국이 펼쳐졌다. 그렇게 난 게임 중독의 길로 빠져들었다. 학교에서도, 방과 후에도, 우리는 붙어서 게임만 연구했다. 아하오는 피시방 카드 살 돈이 없는 내게 카드도 몇 장 줬고 아이템도 모두 유료만 썼다. 그래서 나는 가끔 몰래 아하오 아이디로 들어가서 아이템을 바꿔놓곤 했다. 한번은 아하오가 한정판 아이템을 사놨는데, 그 게임에서 몇 개 없는 진정한 레어템이었다. 역시나 호화 아이템으로 바꿔 접속한 나는 그날

아하오 길드 친구들과 부딪혔다. 난 어깨를 쫙 폈다. 모든 게이머가 날 부러워하고 있었다. 내 얼굴은 마치 금박이라도 붙인 듯 반짝거렸다.

고3까지도 인터넷 게임에 빠져 있던 나는 입시가 코앞에 다가왔음을 깨닫고 나서야 비로소 책을 들여다보기 시작했다. 그러다 보니 고3 기간에는 아하오와 거의 만나지 않았다.

그때는 아하오도 자기 반 얼짱과 첫사랑에 빠져 있었을 때라 날 상

대할 시간은 없었을 거다. 대학 입학 성적이 나온 날, 나는 아하오를 만나러 갔다. 돈 많은 집 아들이니 당연히 좋은 학교에 들어갈 거라 생각했는데, 의외로 아하오는 전공을 예술 쪽으로 바꾸고 싶어서 재수를 할 거라고 했다. 그때부터 우리의 인생 궤도가 달라진 것 같다. 물론 나중에서야 그 결정이 첫사랑 때문이었음을 알게 됐지만.

시간에 쫓겨 살다 보면 어릴 때는 상상도 못했던 나이가 된 나를 발견하곤 한 번씩 놀란다. 어른이 되는 건 정말 금방이구나 싶다.

대학 졸업과 동시에 나는 베이징으로 왔고, 한 해 재수한 아하오는 아직 졸업 전이었다. 듣자 하니 얼짱과는 이미 3년 전에 헤어졌고 계속 혼자라고 했다. 그 해는 지구 종말이 이슈였는데, 멀리 떨어져 있어서 자주 못 보는 아하오에게 나는 이렇게 말하곤 했다.

"아무리 바빠도 시간 좀 내서 놀러 와라. 이러다가 진짜로 지구가 멸

망하면, 우리 다 잿더미가 되어 우주에서도 만나지 못할 텐데."

아하오는 정말로 베이징에 와서 아파트까지 얻었다며 나에게 같이 살자고 했다. 현관에 들어선 나는 벌어진 입을 다물 수가 없었다. 커다란 홈씨어터에 유럽식 소파, 그리고 내가 제일 좋아하는 푸른 계열 벽지까지…… 나는 흥분해서 소리쳤다.

"이 자식, 설마 날 좋아하는 건 아니지?"

아하오는 날 노려 보며 말했다.

"나 아이엘츠IELTS 준비하러 온 거거든?"

사실 그의 입에서 '유학'이라는 단어가 나온 게 이상할 건 하나도 없었다. 단지 나는, 막연히 한참 후에나 일어날 일이라고 생각했던 것 같다.

아하오와 함께 살며 나의 신분도 덩달아 수직 상승했다. 아하오가 피트니스센터 VIP카드를 두 장 만든 덕에, 아하오가 근육 운동하는 동안 나는 사우나를 실컷 했다. 베이징에 온 뒤로 피부 트러블에 시달린 아하오는 비싼 트러블 전용 화장품을 한가득 샀는데, 화장대에 일렬로 정렬된 화장품들은 내가 하도 써대는 바람에 맨날 흐트러져 있었다. 그리고 당시 미드에 빠져있던 우리는 배우들의 연기를 따라 하곤 했는데, 매번 우스꽝스러운 표정과 동작에만 포커스를 맞추는 바람에 어떤 이야기든 항상 코미디로 변질됐다.

하지만 그런 재미난 생활도 오래가지는 않았다. 아하오, 이 오지랖은 베이징에 오자마자 몇 개월 만에 한 트럭도 넘는 친구를 사귀었다.

문제는 하루가 멀다고 열리는 파티였다. 집주인은 음식을 아낌없이 제공해 주고, 도우미 아주머니가 항상 계시니 모여서 놀기 딱 좋은 조건의 집이긴 했다. 애들은 늘 보드 게임으로 시작해서, 노래방, 마작으로 마무리를 지었다. 보드 게임은 점당 십으로 시작했다가 아하오만 합류하면 곧 점당 천이 됐다. 내가 피땀 흘려 번 돈이 몇십만 원 단위로 게임 판 위에서 왔다 갔다 하는 것을 보니, 어서 빨리 이 집을 뜨고 싶다는 생각이 들었다.

지구 종말이 온다던 그날, 우리는 술집에 모여 놀았다. 그중 몇 명은 어떤 여자와 아하오를 연결해 줄 계략으로 '입으로 종이 전달하기' 게임을 제안했다. 그런데 이상하게 계속 아하오와 내가 걸렸다. 그날 우리는 모두 취했다. 원래 계획은 아하오와 그 여자를 호텔로 보내는 거였는데, 인사불성이 된 내가 죽어도 아하오를 집에 데려가야 한다고 한 바람에 결과적으로 나, 아하오, 그 여자 세 명이 한 침대에 꾸역꾸역 누워 잤다. 새벽에 화장실이 급해 깼는데 옆에서 키스하는 소리가 들렸다. 물론 난 화장실도 못 가고 자는 척해야 했다.

아침에 여자가 샤워하러 들어가자 나는 그 틈을 타서 아하오를 놀렸다. 하지만 아하오는 대수롭지 않다는 듯 말했다.

"재랑 어쩔 생각 없어."

"정말 여자 안 사귈 거야?"

"굳이 뭘 사귀냐. 어차피 내년이면 떠나는데"

종말은 오지 않았다. 하지만 그때부터 시간은 무서운 속도로 흘러갔

다. 작년 3월, 아하오는 처음으로 아이엘츠를 봤다. 그러나 이튿날 열린 스피킹 시험에 늦잠으로 지각하는 바람에 시험을 망치고 말았다. 아하오는 어차피 별로 준비도 못 했다며 스스로를 위로했다. 나는 이때다 싶어서 몇 년 더 공부하고 가라고, 나랑 몇 년 더 지내다 가라고 설득했다. 하지만 아하오는 웃으며 말했다.

"학교도 다 알아놨는걸. 아이엘츠 점수만 따면 돼. 올해는 무조건 가야 해."

나는 살짝 실망해선 말했다.

"그래, 너 돈 많다. 우리 같은 애들과는 다르지. 평생 그렇게 돈만 쓰다 죽어라. 영국 가면 여기는 쳐다보지도 않겠지?"

아하오는 대꾸 없이 휴대폰만 했다.

두 번째 도전한 시험에서는 운이 좋았는지 달달 외운 기출문제집에서 문제가 다 나왔다고 한다. 아하오는 곧 항공편 예약까지 마쳤다. 떠나기 직전 생일을 맞은 아하오를 위해 친한 친구 몇 명이 모였다. 게임하고 잘 놀다가 갑자기 하나둘 울기 시작했다. 좀처럼 눈물을 흘리지 않는 아하오도 그날은 제일 슬프게 울었다. 나는 마이크를 잡고 소리쳤다.

"유학 간다는데 뭘 울어! 축하나 해 줄 것이지."

눈물 한 방울 떨어뜨리지 않는 날 보며, 아마 다들 내가 아하오 따위 신경도 안 쓴다고 생각했을 것이다. 나는 조용히 곡 번호를 눌렀다.

JJ(임준걸)의 〈날개〉. 그 옛날 우리 반 JJ 팬들과 JAY(주걸륜) 팬들이 자주 싸웠던 게 생각났다. 남자애들은 대부분 JJ의 고음이 여자 같다며 비아냥거렸다. JJ의 오랜 팬인 나는 자주 그 싸움에 연루됐는데, 그때마다 어느 순간 아하오가 나타나서 주먹을 휘둘렀다. 그리곤 말했다.

"내가 너 맞는 꼴은 또 절대 못 보지."

네가 달아준 날개로 날아갈게
그것만으로도 마음이 편해지는 것 같구나
먹구름은 사라질 거야
우리도 더는 눈물 흘리지 말자

나는 괜히 얼굴을 긁는 척하면서 노래를 불렀다. 눈물을 들키고 싶지 않았기 때문이다. 그때 아하오에게 하고 싶은 말이 있었다면 아마

이거였을 거다.

“안 가면 안 되냐?”

영국은 우리보다 여덟 시간이 늦다. 아침에 일어나 보면 친구들끼리 만든 웨이씬그룹에 아하오가 막 올린 ‘Good night’이 떠 있다. 각자 일하고 공부하느라 바빠서 자연스레 연락이 줄었고, 가끔 연락을 해도 ‘잘 지내지?’ 같은 안부 정도가 전부다. 몸이 멀어지면 마음도 멀어진다더니 정말로 예전과는 많이 달라졌다. 공감할 만한 대화거리가 없다 보니 어색하게 몇 마디 나누다가 곧 ‘그럼 나 자러 간다’ 같은 형식적인 인사로 대화를 마무리하곤 한다.

아하오와 이런 관계가 될 줄은 꿈에도 생각지 못했다. 평생 둘도 없는 친구로 지낼 것이라 믿었고 학창 시절 우리의 찬란했던 우정도 영원할 거라 생각했다. 다시는 돌아갈 수 없다는 사실을 깨닫고 나서야 그 시절이 그리워진다는 것을 난 미처 알지 못했다.

친구는 우산과 같은 존재다. 비가 와야지만 꺼내서 쓴다. 하지만 다음에 비가 올 땐 우산이 어디 있는지 못 찾을지도 모른다. 크고 황량한 이 도시에서 서로 어깨를 빌려줬던 친구를 잃는다는 것…… 생각만 해도 마음이 텅 빈 것만 같다.

어느 날 꿈에서 나는 옛날 그 온라인 게임을 하고 있었다. 어떤 게이머가 도전 신청을 해서 여느 때와 마찬가지로 아이템 얻으러 아하오 계정으로 로그인을 했다. 그런데 계속 비밀번호가 잘못됐다고 나오는 거다. 아하오는 시차 때문인지 연락도 안 되고, 메신저를 보내도 대답이 없었다.

나는 안절부절못하다가 꿈에서 깼고 꿈이야기지만 얼마나 속이 상했는지 모른다고 아하오에게 메신저로 말했다. 아하오는 웃는 이모티콘을 보냈다. 나는 코가 시큰해져선 괜히 한소리 했다.

'너 이 자식은 내가 얼마나 싫었으면 그렇게 멀리까지 간 거냐!'

이미 어른이 됐지만 가끔은 어른이라는 사실을 인정하기가 싫다. 아마도 지난날을 붙잡고 놔주기 싫은가 보다. 그래도 담담하게 받아들여야겠지? 싫어도 언젠가는 소중한 사람들과 헤어져야 한다는 걸. 영화 〈라이프 오브 파이Life of Pi〉에 이런 대사가 나온다.

"삶이란 그런 거죠. 무엇인가 끊임없이 흘려보내는 것. 원래 인생은 보내는 것이라서 후회는 없어요. 아쉬운 것은 작별인사를 할 시간이 없었다는 거예요."

나 역시 아하오에게 작별 인사를 제대로 못 했다. 고맙다는 말도.

그 뒤에도 나는 많은 사람과 인연을 맺었다. 그중 누군가는 떠났고 누군가는 내 곁에 남았다. 단지, 열두 살에 만난 아하오 같은 친구를 아직 못 만났을 뿐이다.

일상의 행복

매일매일 당신은 충분히 행복할 수 있습니다.

마음을 다스리는 방법을 알아야
타는 속을 진정시킬 수 있지.

4관
타이타닉
11열 11번
4관
타이타닉
11열 12번
POPCORN
"영화 보러 갈까요?"
멋진 사랑은
적극적인 사람 곁에 머문다.

누구나 예쁜 걸 좋아하지.
그러니 자기 관리를
잘 하자.

음악은
골치 아픈 세상 속
최고의 힐링 파트너!
MENU

아무리 힘들어도
긍정적인 마음을 잃지 않으면
곧 행운이 찾아올거야.

xxx
나의 웨이보
<괜찮은 당신> 월요일부터 시작해요
1
아무도
몰라줄지라도,
나는 나 자신이 자랑스러워!

멋진 글을 읽다 보면,
남이 못 보는
멋진 세상을 보게 되지.

내 말을 가벼이 여기는 사람에게
시간을 허비하느니
내 말에 귀 기울이는 사람과
달콤한 이야기를 나누는 것이 낫다

story 16

나에겐 우정
그에겐 사랑

언젠가는 자기만의 왕자가
나타날 거라고 믿는 여자
고집녀

고집녀 곁에서
늘 챙겨주고 간섭하는 친구
안경남

어찌 보면 인생은 덧없는 기다림의 연속이다. 또한 막연히 기다리다가 다른 것을 놓치곤 하는 것이 인생이다. '꽤 괜찮은' 사람과 인연이 될 기회가 있었음에도, '정말 딱이다' 싶은 사람을 기다리느라 인연을 놓친다. 이럴 때 보면 우리는 참 쓸데없이 고집이 세다.

"백마 탄 왕자를 계속 기다려왔어. 그런데 앞서 가고 있던 사람은 절대로 날 위해 멈춰 기다려주지 않더라."

❄❄❄

고집녀의 부모님은 일 때문에 줄곧 다른 도시에 계셨다. 부모님과 떨어져 지내서인지 그녀는 또래보다 독립적이고 조숙한 편이었다. 초등학교 4학년 때 이미 대중가요를 듣기 시작한 그녀는 특히 코코리 CoCo Lee에 광적으로 빠져있었고, 친구들이 만화영화와 명작동화를 쫓을 때 그녀는 패션 트렌드를 쫓았다. 그러더니 갈수록 코코리를 닮아갔다. 볼륨 있는 몸매에 섹시한 눈빛, 누가 봐도 영락없는 리틀 코코리였다.

고등학교에 들어간 뒤 이 리틀 코코리는 마찬가지로 코코리에 빠져 있던 남학생, 안경남의 마음을 사로잡았다. 두 사람은 코코리 콘서트에 가기 위해 점심까지 걸러 가며 용돈을 모았고, 코코리의 최신 소식을 공유하는 교환일기도 썼다. 옥상에 가서 함께 신곡을 듣기 위해, 어떻게 하면 몰래 수업에 빠질 수 있을지 머리를 맞대고 작전을 짜기도 했다. 그렇게 두 사람은 서로의 학창 시절 추억 속에 중요한 자리를 차지하고 있었다.

당시 대부분의 친구는 두 사람이 사귄다고 생각했다. 하지만 그녀는 굳이 해명하지 않았다. 어차피 본인의 왕자님은 아직 나타나지 않았으니까.

각자 다른 지역의 대학에 입학하면서 두 사람은 갈라졌다. 고집녀는 베이징에 있는 촨메이대학의 아나운서과에 들어갔다. 그녀는 입학하자마자 과킹카인 4학년 선배를 보고 사랑에 빠졌고, 그날 이후 그 선배는 삶의 원동력이 됐다. 과킹카라고 해 봤자 요즘 기준으로 보면 그저 건들건들한 양아치 스타일이었지만.

대중가요에 대해 남다른 감각이 있는 데다 성숙하고 매력적인 외모까지 겸비한 고집녀는 신입생임에도 불구하고 직접 음악 동아리를 만들 수 있었다. 그리고는 학교 내에서 개성 있는 스타가 됐다.

음악성 있는 인재로 평가받은 그녀는 2학년 때 교내 창업 프로그램에 선발되어 연습실까지 꾸렸다. 그 덕에 마음껏 공연을 할 수 있었고, 그렇게 3년간 본인의 학비를 내고도 남을 돈을 벌었다. 하지만 안타깝게도 이 돈은 말도 안 되는 엄한 곳에 쓰이고 말았다.

졸업을 하며 연습실 멤버들은 자연스레 각자의 길로 흩어졌고 그녀도 미래 계획을 세우기 시작했다. 그때 과킹카 선배는 베이징 중심가에서 향수샵을 운영하고 있었는데, 어느 정도 수익이 나자 확장하여 멀티 패션샵을 오픈하고 싶어졌다. 자금이 부족해서 고민하던 때에 제일 먼저 생각난 사람이 고집녀였다. 그녀는 한치의 고민도 없이 지금껏 모아 둔 돈을 모두 선배에게 줘 버렸다. 어이없는 것은, 연예기획사의 데뷔 제안마저 거절하고 그의 가게에서 일하기 시작했다는 것이다.

그녀의 이런 결정에 너무나 화가 난 안경남은 상하이에서 비행기까지 타고 날아와 그녀를 찾아갔다. 말다툼 끝에 그녀는 "네가 뭔데? 아무것도 아닌 게 왜 이래라 저래라야?"라는 말로 그의 가슴에 비수를 꽂았다. 그는 거칠게 안경을 벗어 던지고는 고집녀의 얼굴을 잡고 입을 맞췄다.

"7년이나 좋아했어. 너한테는 내가 아무것도 아닌지 모르겠지만, 나한테 너는 특별한 사람이야!"

보통은 이런 경우 서로 끌어안고 눈물을 흘리며 행복한 결말을 맺게 마련이지만, 안타깝게도 그는 따귀를 맞고 그나마 유지하던 우정마저 잃었다.

선배 옆에서 일을 도운 지 2년이 흘렀다. 그동안 그녀는 선배에게 최선을 다했다. 가끔 이렇게까지 해야 하나 싶을 때도 있었지만, 한 번씩 보여주는 로맨틱한 모습에 그런 고민은 흔적도 없이 사라졌다. 이런 관계라도 유지하다 보면 언젠가는 성과가 있을 거라고, 기다리다 보면 그도 자신의 마음을 알아줄 거라고 믿었다.

선배는 늘 자기 일이 있는 독립적인 여자가 좋다고 말했다. 그래서 가게가 2년 차에 접어들며 수익이 나기 시작했을 때 그녀는 자신이 리메이크하여 부른 곡을 음반 회사 몇 군데에 보냈다. 하지만 모두 감감무소식이었다. 그러다 우연히 한 방송국의 MC 오디션 소식을 접했고, 그녀는 아무에게도 이야기하지 않고 조용히 응모했다. 여러 관문을 거쳐 지역 우승까지 한 끝에 상하이에서 열리는 결승에 진출하게 됐다. 그녀는 이 기쁜 소식을 전하고자 선배의 가게로 달려갔다.

하지만 저 멀리 그녀의 눈에 들어온 것은 다른 여자와 포옹하고 있는 선배의 모습이었다. 그에게 여자 친구가 생긴 것이다. 그동안 그와 함께 나눈 모든 것이 물거품이 되는 순간이었다. 심지어 그녀는 그에게서 이런 잔인한 말까지 듣고야 말았다.

가만히 앉아 기다린다고 사랑이 오지는 않는다

"난 우리가 그냥 좋은 친구라고 생각해왔어."

그를 위해 모든 것을 버렸던 고집녀의 핑크빛 희망은 이렇게 끝이 났다. 너무나 좌절한 고집녀는 자기가 진짜 여자 친구라며 한바탕 소란도 피워봤다. 하지만 과킹카의 한 마디로 본전도 못 건지고 꼬리를 내렸다. 맞다. 안경남에게 했던 그 말, "네가 뭔데?"를 이번에는 자기가 듣게 된 것이다. 어찌 보면 짝사랑은 결국 자승자박의 과정일지도 모르겠다.

한동안 고집녀는 바람에 흩날리는 민들레 씨앗처럼 흐르는 시간에 몸을 맡긴 채 하루하루를 보냈다. 가끔 우연히 그들이 데이트하는 장면을 목격하기도 했다. 영화를 보러 가는 뒷모습, 회전목마를 타며 행복해하는 모습을 지켜보다가 문득 이런 생각이 들었다. 자기도 예전에는 그와 그렇게 행복한 시간을 보냈었지만 단 한 번도 '좋아해' 같은 로맨틱한 말을 들은 적이 없었다. 어떤 면에서는 굉장히 단호해서, 같이 찍은 사진은 아무 데도 올리지 못 하게 했고, 그녀의 SNS에 댓글을 단

적도 거의 없었다. 고집이 세고 강한 성격이라 다른 사람 말에 쉽게 변하는 사람이 아니었다. 하지만 지금은 저렇게 따뜻한 눈빛으로 사랑하는 여자를 바라보고 있다. 안하무인이었던 태도도 바뀌었다. 그도 여자 친구와 찍은 사진을 인터넷에 올리고, 블로그에 '사랑해', '보고 싶어' 같은 따뜻한 말을 남길 줄 아는 남자였다.

그 순간 깨달았다. 그 남자는 나를 안 좋아한 것이 아니라, 덜 좋아한 것이었구나. 변하기 싫었던 것이 아니라, 날 위해 변하기에는 내가 부족했던 것이구나.

마음을 추스른 고집녀는 절대로 다시는 쉽게 사랑하지 않겠다고 다짐했다. 그녀는 오디션 결승전에 참가하기 위해 예정대로 상하이에 갔다. 다른 참가자들이 친구들의 환호와 응원을 받는 것을 보며 살짝 외롭기도 했지만, 낯선 도시에서 혼자 모든 것에 적응해야 했던 그녀에게 감상에 젖을 여유 따위는 없었다. 그녀는 자기가 무대의 주인공인 것처럼 당당하게 서 있었다. 그런데 사회자가 그녀의 이름을 부르는 순간 갑자기 관객석에서 엄청난 박수와 환호가 터져 나왔다. 고집녀의 이름이 적힌 플랜카드도 보였다. 굉장한 스타가 등장한 듯한 반응에 무대 위 사람들의 눈이 휘둥그레졌다. 그녀는 한껏 고무되고, 또 약간의 의아함을 품은 채, 준비한 공연을 멋지게 마쳤다. 그리고 퇴장하면서야 관객석에서 조용히 자신을 바라보고 있는 안경남을 발견했다.

그녀는 흐르는 눈물을 주체할 수 없었다. 무대 뒤에 서서 화장이 다

지워지도록 울고 또 울었다.

비록 우승은 못 했지만, 그녀는 상하이에 남았다. 그 오디션을 계기로 연예계에 진출한 것이다. 그녀는 저예산 영화에도 출연했고, 연극 공연도 했다. 이 모든 것은 안경남이 인맥을 동원하여 만든 결과물이었다. 두 사람은 함께 오피스텔을 임대해서 새 영화의 시놉시스를 검토하고 연예계 뒷이야기도 하곤 했다. 매일 코코리의 베스트 음반을 틀어 놓고 지낸 것은 물론이다. 고등학생 때처럼 말이다.

한번은 안경남이 차분한 목소리로 말했다. "남자가 어떤 여자와 애매모호한 관계를 유지하고 있다면, 그건 그 남자가 그 여자를 별로 좋아하지 않는다는 뜻이야. 여자는 남자의 외로움을 달래주는 존재일 뿐이지. 그런 남자들은 무의식 속에서 끊임없이 자기의 진짜 짝을 찾고 있어. 정말로 좋아하는 여자를 만나면 바로 싱글 신분으로 돌아가서 그 여자를 쫓아다닐걸?"

고집녀는 정말 정확한 분석이라며 박수를 쳤고 신이 나서 술을 몇 병이나 더 주문했다. 마시고 또 마시고, 결국은 취해서 '안경남' 품에 안겨 엉엉 울기에 이르렀다. 울면서 그때 따귀 때린 것도 사과하고, 과킹카를 향해 욕도 한 바가지 쏟아부었다.

그날 이후 두 사람은 한층 더 가까워졌다. 안경남은 생각보다 괜찮은 남자였다. 효자인데다 재능도 많고 긍정적 사고를 가진 사람이었다. 인생관과 가치관도 그녀와 비슷했다. 그녀는 마음이 살짝 흔들렸으나, 이내 생각했다. '우리가? 말도 안 되지'

……왜였을까?

얼마 후 안경남은 미국 지사로 파견을 나갔다. 거기에서 외국 여자를 만난다는 소문을 들은 고집녀는 점차 연락을 줄여갔다. 겉으로는 평온해 보였지만, 사실 그녀의 마음은 혼돈과 불안으로 가득했다. 운

명이라고 생각했던 선배에게 상처받은 후, 여전히 진짜 운명을 기다리고 있었다. 그녀 스스로도 이런 집착에서 벗어나고 싶었지만, 어떻게 해야 벗어날 수 있는지 알 수가 없었다. 안경남이 그리웠지만 이미 늦어버린 감정이었다. 태평양이라는 거대한 장벽 앞에, 그를 향한 그리움은 생겼다가도 금방 사라지곤 했다.

3년의 시간이 빠르게 흘러갔다. 코코리는 새 음반으로 컴백했다. 코코리를 여전히 좋아하지만 워낙 오랜 팬이어서 담담해졌는지 굳이 사인회에 갈 생각은 없었다. 그런데 사인회 당일 아침, 이상하게도 갑자기 사인회에 가고 싶어졌다. 그녀는 일찍부터 도착해서 자리를 잡고 기다렸다. 사인회가 시작되고 그녀의 차례가 됐다. 고집녀를 본 코코리는 흥분된 목소리로 외쳤다. “어머, 나랑 정말 닮았네요!” 이 말을 들은 고집녀는 너무 기쁘고 흥분되는 마음에 그만 사인받은 CD를 테이블에 놓고 내려왔다. 꿈인 듯 생시인 듯 이성을 잃은 채 걸어가던 그녀는 뒤에 있던 남자가 여러 번 부른 후에야 정신을 차리고 돌아봤다.

남자는 CD를 내밀었고, 고개를 든 고집녀는 그 남자를 봤다. 안경을 쓰지 않은 안경남이 그녀 앞에 서 있었다. 두 사람은 서로 마주 보고 웃었다. 그렇게 새로운 인연이 시작됐다.

“가만히 앉아 기다린다고 사랑이 오지는 않는다. 적극적으로 찾아 나서야 한다.”

안경남의 인생 신조다. 그래서 고1 때 고집녀를 보고 첫눈에 반한 그는, 그녀를 향해 다가간 것이었다. 코코리를 전혀 좋아하지 않았음에도 불구하고.

내가 좋아하는 사람이 내가 바라는 대답을 해준다면 얼마나 좋을까? 하지만 내 목소리를 듣지 못 하는 사람에게 시간을 허비하느니, 내 목소리를 듣고 날 이해해주는 사람과 달콤한 말을 나누는 것이 차라리 낫다.

내가 어딜 가든, 가던 길을 멈추고 나에게로 달려 와주는 사람이 있다는 건 정말 큰 행운이 아닐 수 없다.

자기 자신을 사랑해야
다른 사람을 사랑할 수 있고
사랑을 믿어야 사랑이 찾아온다

story 17

사랑을 믿다

용기가 없는 남자
랜드로버 자동차 주인
A남

매사에 너무 신중한 여자
출판사 편집자
a녀

/

우리는 미래의 연인과 만나는 장면을 수없이 상상하곤 한다. 마음속으로 이상형을 그려 보지만 그래 봤자 밤은 여전히 외로울 뿐이며, 거리의 연인들을 볼 때마다 내 짝은 어디에 있는지 한숨만 나온다.

'하늘은 언제쯤 나와 너를 이어 주려나'

❄❄❄

친구 중에 메이크업 아티스트가 한 명 있다. 그 친구에게는 이상하리만큼 특이한 일이 많이 생긴다. 그래서 그런지 만나서 차 한 잔을 하더라도 매번 어처구니없고 신기한 이야기를 한가득 얻고, 같이 밥이라도 먹는 날엔 가치관이니 인생관이니 하는 것들이 리셋되는 기분까지 든다. 며칠 전 그는 한껏 신이 나서 나를 끌고 딤섬 요리 전문점에 갔다. 연예계 특종이라도 알아 왔나 싶었더니만, 딤섬 세 개를 연속으로 입에 쓸어 넣더니 심각한 표정으로 한다는 말이 지난주에 '데스티네이션'을 경험했다는 것이다.

"시간 순서대로 들을래? 아니면 결론부터 들을래?"

나는 시간 순서대로 듣겠다고 했다. 그러자 그는 말했다.

진정한 사랑을 찾아가는 길에
우리는 끊임없이 새로운 자신을 발견한다

"좋아, 결론부터!"

헐! 친구는 지난주에 일 때문에 다른 동료와 함께 지방에 갔었다. 일을 마치고 돌아오는 길에 고속도로에 진입했는데 갑자기 차에 이상이 생겼다. 함께 간 동료가 최근에 구입한 자동차였는데 아직 차를 다루는 데 익숙하지 않았는지 브레이크가 계속 말을 안 듣는 것이다. 순간 머릿속이 까매져서 갓길 방향으로 일단 액셀러레이터를 한번 세게 밟아 봤다. 그런데 하필이면 그때 갓길에 랜드로버LandRover 한 대가 서 있었다. 그리고 랜드로버 바로 뒤에는 차 주인인 듯한 남자A와 여자a가 트렁크에서 뭔가를 꺼내는 중이었다. 친구네 차가 그쪽으로 돌진하는 순간, 서 있던 남자가 잽싸게 여자를 옆으로 밀어내고 자기는 트렁크 위로 뛰어올랐다.

천만다행으로 차만 조금 손상됐고 아무도 다치지 않았지만 상대방이 보통 놀란 게 아니었다. 친구네는 잘못을 인정하며 진심으로 사과했고 다행히 A남과 a녀가 선한 사람들이어서 자초지종을 듣더니 이해해 줬다. 친구는 혹시 나중에 어디 불편하면 연락하라고 연락처도 알려줬다고 했다. 나는 그 '데스티네이션'이라는 게 이걸로 끝인가 했다. 하지만 그렇게 싱거운 듯했던 결말은 이야기의 서막에 불과했다.

며칠 뒤 A남으로부터 연락이 왔다. 직접 만나서 고맙다는 말을 하고 싶다는 것이다. 처음엔 무슨 일인가 싶었던 친구는 그가 사고 당시 같이 있었던 a녀와 손을 잡고 나타난 것을 보고 대충 상황 파악이 됐다.

두 사람은 각자 약간의 연애 장애가 있었다고 한다. A남은 용기가 부족해서, 그리고 a녀는 너무 신중해서 연애를 못하고 있었다. 원래 친한 친구인 두 사람은 서로에게 호감이 있었는데, 그날 사고를 계기로 완전히 급속도로 관계가 발전했다. 용기라고는 없는 줄 알았던 남자가 급박한 상황에서 용감하게 대처하는 모습을 보고 여자가 마음을 열고 관심을 표현한 것이다. 늘 먹던 녹차 맛 아이스크림에서 생각지도 않은 초콜릿이 나왔을 때 더 맛이 깊어지듯, 마음이 통하던 친구의 관계에서 연인 관계까지 더해지자 두 사람의 관계는 한층 견고해졌다.

엉겁결에 인연을 만들어줬다는 소리를 듣게 된 내 친구는 투덜대면서도 왠지 어깨가 으쓱했다. 하지만 이마저도 이야기의 끝은 아니었다.

사고가 났던 그때 두 사람은 친구들과 캠핑을 갔다가 돌아오는 길이었다. 살짝 취기가 있던 친구들이 두 사람을 이어주겠다며 자기들끼리 택시를 타고 가버린 덕에, A남과 a녀는 둘이서만 차를 타고 돌아오고 있었다. a녀는 차에 타자마자 잠이 들었고 A남은 곁눈질로 그녀를 바라봤다. 마음이 그렇게 간질간질하고 편안할 수가 없었다. 사실 두 사람은 사랑을 간절히 기다리는 중이었다.

A남의 직업은 케이블TV 진행자로 2년 전에 무명의 연예인과 3개월 정도 사귀었다. 하지만 사랑에 빠졌다는 건 그 혼자만의 착각이었다. 상대 여자는 네다섯 명의 남자들과 양다리를 걸치고 있었다. 그녀에게 배신당했다는 것보다 그런 식으로 차였다는 것에 타격이 컸다. 그후로

그는 사랑이 두려워 더 이상 여자를 사랑하지 못하고 자신의 사랑을 주변 사람들에게 베풀기만 했다.

a녀는 출판사에서 편집자로 근무한다. 그녀 인생에서 가장 파란만장했던 대학 시절, 그녀는 어느 항공 승무원을 좋아했다. 하지만 그가 있는 하늘까지는 날아갈 수 없었기 때문일까? 어떻게 해 보지도 못하고 그녀의 짝사랑은 허무하게 끝나버렸다. 슬픔에 잠기려고 작정이라도 한 듯, 그녀는 가슴을 후벼 파는 곡들만 골라 블로그의 배경 음악으로 깔고, 아직 그가 가슴 속에 존재하기에 자기는 앞으로 누구도 사랑하지 못할 거라고 생각했다. 만약 누군가를 좋아하게 된다면, 상대는 분명 그 남자와 닮은 사람일 거라고도 말했다.

이렇게 사람들은 구석에 처박아둬도 될 감정을 생애 가장 화려했던 추억으로 여기며 스스로 불행의 싹을 키운다.

남자와 여자는 사랑이 무르익는 속도가 다르다

A남은 또다시 상처받을까 두려웠다. 다른 사람의 마음속 상처는 잘 치유해 주면서도, 정작 자기의 상처를 치유할 용기는 나지 않았다.

또한 a녀는 자신을 본질적으로 고독한 사람이라고 합리화했지만 사실 누구보다도 따뜻한 포옹이 절실했다. 그러나 두 사람은 서로 알게 된 후에도 오랜 친구로만 지내 왔을 뿐 연인으로 발전하지는 못했다.

연애할 때 남자와 여자는 사랑이 무르익는 속도가 다르다고 한다. 여자의 사랑은 시간이 흐를수록 점점 깊어지지만, 남자의 사랑은 시간이 흐를수록 얕아진다. 하지만 여자도 남자도 결국은 영원히 함께하는 잔잔한 사랑을 원한다. 사랑하는 그 사람과 손을 잡고, 그 사람만 사랑하며, 그 사람과 함께 하나의 길을 가고 싶어 한다.

그는 운전을 하면서 자기도 모르게 그녀에 대한 자기의 감정을 재고 있었다. 그때 휴대폰이 울렸다. 조금 전 헤어졌던 친구였다. 택시 바퀴가 갑자기 터져서 가드레일을 받았다고 했다. 다행히 다친 사람은 없는데, 아직 술에서 덜 깬 두 녀석이 집에 가자고 계속 난동을 부린다고 했다. 전화를 끊자마자 그는 바로 차를 돌려 고속도로로 향했다.

갓길에 서 있는 택시가 보이자 남자는 바로 뒤에 차를 세웠다. 그리고는 생수를 꺼내려고 트렁크 안을 살펴보고 있었다. 그때 갑자기 내 친구가 타고 있던 차가 돌진해 온 것이다.

친구의 이야기는 이렇게 끝이 났다. 그러니까 그날 저녁, 친구들이 택시를 타고 가다가 사고가 나는 바람에 A남과 a녀가 그 고속도로에

등장했고, 그랬기에 친구네 차에 받혔고, 또 그랬기에 두 사람의 인연이 맺어졌다는 것이다.

그런데 사실 멋진 사랑은 이미 준비돼 있기 마련이다. 연애를 못해서 속상해하는 친구들이 많은데, 대부분 다음과 같은 과정을 밟는다. 일단 누군가를 좋아하게 되면 병에 걸린 사람처럼 유약해진다. 상대방의 한마디 한마디에 상처를 입으면서도 그 사람에게 온 힘을 쏟는다. 또는 '내 부족한 점을 사랑하지 못한다면 내 전부를 사랑할 자격이 없다'는 식으로 사랑을 정의하기도 한다. 자신은 조금도 바뀌려 하지 않으면서, 자기에게 꼭 맞는 완벽한 사람이 와 줄 거라는 환상에 젖어 있다. 그러니 사랑이 이루어질 확률이 적을 수밖에.

두 사람은 각자 과거의 상처가 있었기에 사랑에 대해 깊이 고뇌하고 있었다. 그랬기 때문에 친구가 된 후 곧 마음을 터놓는 절친이 될 수 있었다. 운이 좋아서 그들 앞에 운명적인 사랑이 나타난 것이 아니다. 두

사람은 각자 경험하고 고뇌했던 그 긴 시간들 덕분에 사랑이 나타났을 때 사랑을 알아볼 수 있었다.

모든 일에는 '정수'와 '변수'가 있다. 규칙적인 패턴도 존재하지만 예측할 수 없는 변수도 함께 존재한다. 진정한 사랑을 찾아가는 길에 우리는 끊임없이 새로운 자신을 발견한다. 운이 좋을 때, 낙담했을 때, 기분이 최고일 때, 기분이 최악일 때, 어떤 순간이든 먼저 자기 자신을 사랑해야 다른 사람을 사랑할 수 있고, 사랑을 믿어야 사랑이 찾아온다. 아주 예전에 당신이 날려 보냈던 나비. 그 나비의 작은 날갯짓이 당신에게 어떤 광활한 미래를 만들어 줄지 지금은 아무도 모른다.

네덜란드를 만나다

나에게 더 넓은 세상을 보여주기

장거리 연애의 장점은

자신을 위해 쓸 시간이 많다는 점이다

story 18

장거리 연애

장거리 연애로
힘든 사랑을 하는 여자
H

/

장거리 연애는 늘 힘들다. 각자 자기만의 시간을 많이 가질 수 있다는 장점도 있지만, 보고 싶고 그립기에 괴로운 마음이 더 크다. 그래서 다들 장거리 연애는 섣불리 시작할 게 아니라고 하나 보다.

"포옹마저 이모티콘으로 해야 하는 것, 그게 가장 괴로워."

❄❄❄

인터넷 쇼핑몰 모델인 H는 베이징에 산다. 그리고 그녀의 포토그래퍼 남자친구는 광저우에 산다. 웨이보에서 알게 된 두 사람은 처음부터 성격이 참 잘 맞았다. H의 재미없고 썰렁한 개그에도 남자친구는 늘 진심으로 웃어줬고, 두 사람 모두 웨이보에 글을 올릴 때는 사진도 함께 올려야 한다는 강박증이 있었다. 촬영할 때는 그 날 패션 분위기와 어울리는 음악을 꼭 틀어놓고 일했으며, 하루에 한번 바닥 청소는 필수였다. 그리고 결정적으로 둘 다 결벽증에 완벽주의자, 순도 100%의 처녀자리다.

남자친구의 스케줄을 훤히 알고 있는 H는 그가 일어나야 할 시간이 되면 전화나 문자로 모닝콜을 해 줬다. 식사 시간에는 뭘 먹는지 서로

포옹마저 이모티콘으로 해야하는 것

그게 가장 괴로워

인증샷을 찍어 보내기도 했다. 물론 매일 KFC에서 배달해 먹는 사람들에게 그런 인증샷이 무슨 의미가 있었을지 잘 모르겠지만. 남자는 미드를 즐겼고, H는 그와의 영상통화를 즐겼다. 아침에 눈 뜨면서부터 잠들기 전까지 하루 종일 메신저로 시시콜콜한 수다를 떨었다.

그렇게 석 달이 지나갔다. 이 뜨거운 연애는 전혀 식을 기미가 안 보였다. 남자는 H를 '꼬마'라고 부르고 자기는 '노인네'라고 칭했다. 두 사람이 처음 만난 날로 정한 어린이날, 베이징에서 만나 하루 종일 정신을 못 차릴 정도로 신나게 놀았다. 솜사탕을 먹고 회전 관람차를 타고, 풍선까지 사 들고는 아이들 틈에서 놀았다.

그날 밤 두 사람은 한 침대를 썼다. 그녀는 진정한 사랑을 시험해 보고픈 마음과 육체의 욕망 사이에서 갈등하다가 그 긴 밤을 다 보냈다. 친구가 장난 삼아 챙겨 준 콘돔을 남자에게 확 줘 버릴까 하는 생각을 수없이 했지만 남자는 그녀의 마음도 모른 채 옆으로 돌아누운 자세로 아침까지 쭉 잤다.

얼마 뒤 남자는 친구의 소개로 패션 잡지의 포토그래퍼로 일하게 됐다. 일이 점점 많아지다 보니 이전보다 연락이 줄어들 수밖에 없었다. 가끔 싸우기도 했지만 언제나 금방 화해하곤 했다.

조금 크게 싸웠던 날, 두 사람은 여행을 떠나기로 했다. 목적지는 수향의 도시 씨탕이었다. 청명 즈음이어서 부슬부슬 비가 내렸다. 두 사람은 아무 데도 가지 않고 방 안에만 틀어박혀 있었다. 씨탕에서의 세

번째 밤, 둘은 드디어 서로를 허락했다. 그리고 다음 날, 마치 열 살은 어려진 듯한 모습으로 오월천 콘서트에 갔다. 오월천을 상징하는 5자 스티커를 서로의 얼굴에 붙여 주고 손을 꼭 잡은 채 함께 노래를 불렀다. 마음이 꽉 찬 듯한 밤이었다.

반년 넘게 교제하며 그녀는 남자친구의 모든 것을 파악하고 있었다. 언제 자고 언제 일어나는지, 오늘은 뭘 먹는지, 기분이 왜 안 좋은지도 모두 알고 있었다. 장거리 커플의 바람직한 예로서 정말 많은 추억을 만들었다. 그러다 어느 날 문득 깨달았다. 몸과 마음을 나눈 그 남자가 더 이상 자기를 바라보지 않는다는 사실을.

결국 두 사람은 이별했다. 그녀의 잠재의식 속 깊은 곳에서는 여행지에서 잠자리를 한 그날이 정식으로 사귀기로 시작한 날이었다. 그러다 보니 그날 이후 바라는 게 더 많아졌다. 물론 대단한 걸 바라는 건 아니었다. 일반적으로 여자가 남자친구에게 바라는 그런 것들 정도였다. 전화 통화와 메신저만으로는 늘 아쉬웠고, 가까이에서 볼 수 없다는 사실을 속상해했다. 하지만 그녀와 달리 남자는 일에서 승승장구하며 안정적인 연애를 바라기 시작했다. 그는 이렇게 말했다.

"내가 원하는 사랑은 물처럼 잔잔하지만 오래 가는 사랑이야."

연애를 할 때 가장 위험한 것은 서로 다른 각도에서 문제를 바라보는 것이다. 여자는 어떻게 집에 갈까를 생각하고 있는데 남자는 어디 가서 놀까를 생각하는, 그런 것 말이다.

H는 며칠간 일도 하지 않고 술집에서 살다시피 했다. 술을 마시면서도 그녀는 취하지 않으려 애썼다. 옆 테이블에 앉은 커플의 대화를 듣고 싶었기 때문이다. 그들의 대화를 엿들으며 사랑을 잃기 전 그때의 기분으로 돌아가고 싶었는지도 모르겠다. 하지만 다 헛수고였다. 그들의 이야기를 들으면 들을수록 상처만 깊어갔다.

어느 날, 그녀는 취한 목소리로 슬프게 울며 내게 전화를 걸었다. 그리고 자신을 책망하며 말했다.

"사귀다 보면 서로의 생활에 익숙해지는 법이잖아. 그의 삶에 익숙해져 있었을 때 내가 가장 행복했던 것 같아. 왜냐하면 그를 위해 하는 모든 일이 의미 있다고 생각했으니까. 그런데 헤어졌는데도 난 여전히 그대로야. 매일 어느 시점이 되면 본능적으로 그에게 연락을 해야 할 것 같아. 더 이상 연락할 수 없다는 것을 알면서도 말이지. 그가 싫어

사랑을 하는 사람은 가장 똑똑하기도 가장 바보같기도 하다

했던 음식을 보면 얼굴 찡그리던 모습이 떠올라서 나도 모르게 슬며시 웃고 있다니까. 그가 챙겨보던 미드가 업데이트되면 내가 그걸 다운받아 보고 있어. MP3에는 그가 좋아하던 음악만 가득하고. 메신저 대화 내용도 차마 못 지우겠어. 그와 관련된 것이라면 뭐가 됐든 잘 간직해 놓고 싶어. 그런데, 결국 날 떠났잖아. 이게 다 무슨 소용이야. 그때 나와 다짐했던 것들이 결국 다 허튼소리였다는 거잖아. 처음 만났을 때의 설렘이 없어지고, 서로를 알아가는 그 시기를 못 견뎌 결국은 헤어졌어. 기분 정말 별로인데, 그런데도 못 놓겠어. 아직도 많이 좋아하는 것 같아. 안개 속에 있는 기분이야. 눈물만 계속 나고. 나 완전 진상이지. 그런데 나도 나를 어쩌지 못하겠어. 보고 싶어 죽겠다고."

그러고도 꽤 많은 말을 했지만 하도 횡설수설해서 거의 알아듣지 못했다. 어쨌든 그녀는 정말 힘들어하고 있었다.

선불리 장거리 연애를 시작하지 말라고들 한다. 하지만 이미 사랑이 왔는데 어쩌란 말인가? 가만히 눈 뜨고 그 사랑을 보낼 수는 없지 않은가.

사랑을 하는 사람은 가장 똑똑하기도, 가장 바보같기도 하다. 사랑이란 서로 주고받는 것이라는 사실을 알고 있으니 똑똑하지만, 주는 것들은 그가 원하는 것이 아닐 때가 많아서 바보같다.

H의 남자친구가 원했던 물처럼 잔잔한 사랑에도 전제 조건이 있다. 장거리 커플은 얼굴을 마주 보지 못한다. 휴대폰이나 컴퓨터를 통해

서 대화하고 사랑을 쌓아갈 뿐이다. 두 사람 사이에는 신뢰가 쌓일 시간이 필요하다. 보고 싶고 정말 좋아하지만 아무 때나 가서 볼 수 없기에 말로써 마음을 전부 표현해야 한다. 그때그때 드는 생각을 바로 표현함으로써 만나지 못하는 슬픔을 대신해야 한다. 그 정도도 너무 과해서 연락을 줄이려 한다면 소통과 교류가 불가능하다는 뜻이다. 결국 둘 사이에는 의심과 질투가 생길 것이다. 일 때문이라는 것은 말도 안 되는 핑계다. 아무리 바빠도 사랑하는 사람에게 조금 더 신경 써 줄 수 있는 것 아닌가? 그렇지 않으면 근처에 있는 사람과 연애하지, 뭐 하러 멀리 있는 상대를 힘겹게 바라보겠는가?

반대로, 사랑하는 사람을 믿고 있는지도 생각해 봐야 한다. "조용히 기다리는 것이야말로 정말 쉽지 않은 미덕이다."라는 글귀를 본 적이 있다. 사랑이라는 집을 견고하게 다지기 위해 상대방이 열심히 벽돌과 기왓장을 쌓고 있을 때는, 조금 외롭더라도 기다릴 줄 알아야 한다. 그리고 연인을 사랑하는 것만큼 자기 자신도 사랑해야 한다. 장거리 연애의 가장 큰 장점은 자신을 위해 쓸 시간이 많다는 점이다. 보고 싶다고 힘들어하기보다는 그 시간을 자신에게 투자하는 건 어떨까? 계속해서 멋진 사람으로 성장해나가다 보면 당신을 향한 그의 사랑도 점점 커질 것이다. 그렇게 두 사람은 더 성숙한 모습으로 사랑을 길게 내다볼 수 있고, 결국은 거리를 뛰어넘어 진정한 하나가 될 것이다.

H는 적극적으로 남자친구의 세계에 들어가고자 했고, 남자친구도

그런 상황을 기꺼이 받아들였다. 하지만 이것이 누가 더 사랑하고 누가 덜 사랑하는지를 말해 주는 것은 아니다. 진짜 사랑하는 사이라면 서로를 사랑하는 마음은 같을 것이기 때문이다.

그들이 막 알아가기 시작했을 때 메신저에서 처음 나눈 대화는 H의 썰렁한 농담으로 시작했다. 그는 엄청나게 긴 ㅋㅋㅋ를 남겼다고 한다. H는 그때를 회상하며, 그와 나눈 한마디 한마디를 절대 잊지 못할 것 같았는데 아무리 생각해도 그 농담이 뭐였는지 기억이 안 난다고 했다.

그녀는 확신에 찬 목소리로 말했다.

"어쩌면 내 무의식이 잊으려고 했는지도 모르겠어. 하지만 그는 분명히 기억하고 있을 거야."

그녀는 잊었다고 하지만 나는 두 사람 모두 그 농담을 잊지 않았으면 좋겠다. 이 땅의 모든 장거리 커플들이 오래 가는 사랑을 하기를. 그리고 마침내 함께하기를.

모든 사랑 이야기엔
행복한 결말이 있다

story 19

행복을 그리다

여장부 스타일의
뉴스 아나운서
용감녀

/

연애 중 흔히 하는 실수는 상대에게 지나치게 많은 것을 바라거나 상대의 마음에 상처를 내는 것이다. 그리고 연애에 실패하는 이유는 꼭 붙잡아야 할 것은 쉽게 포기하고 포기해야 할 것은 도리어 끝까지 붙잡기 때문이다.

❄❄❄

그녀는 승부사다. 마음에 드는 사람이 생기거나 가고자 하는 길이 있으면 결과와 상관없이 무조건 직진이다. "죽기밖에 더하겠어? 그런데 뭘 망설여."

호탕하고 시원한 성격의 영락 없는 동베이 출신이자 즉흥적이고 불같은 성격의 양자리 그녀, 용감녀는 목소리도 크고 어디서나 항상 앞장선다. 그런 그녀를 친구들은 '여자 야수'라고 부른다.

우렁찬 목소리 덕에 그녀는 대학에 들어가자마자 다른 선배가 맡고 있던 학생 MC 자리를 빼앗았고 곧바로 학교 방송계의 핵심 인물이 됐다. 동기들이 처음 맞는 대학 생활에 적응하느라 정신없을 때 그녀는 각종 행사와 공연으로 눈코 뜰 새 없이 바쁜 새내기 시절을 보내고 있었다. 몇 차례 사회를 보며 당찬 진행 실력으로 유명세를 타자, 학생들은 그녀 이름 뒤에 '형'을 붙여 부르기 시작했다. 그렇게 그녀는 일찍부터 자신의 입지를 다져나갔다.

용감녀는 2학년 때 학년 오리엔테이션에 참석했다가 한 남학생을 보고 첫눈에 반했다. 그녀는 행사 내내 흥분을 감추지 못하고 괜히 남의 시선을 의식하면서 어색하게 행동했다. 오리엔테이션이 끝나고 수소문해 보니 그는 이미 여자 친구가 있는 몸이었다. 게다가 그의 여자 친구는 오디션 프로그램에서 Top 20에 든 후 방송 활동을 하고 있었고, 얼마나 예쁜지 늘 사진찍자는 사람들을 몰고 다닐 정도였다.

하지만 그녀는 역시 승부사였다. 위축되기는커녕 골키퍼 있다고 골 안 들어가느냐는 생각으로 갖은 노력을 다했다. 그의 여자 친구가 방송 스케줄 때문에 자주 학교에 나오지 않는다는 점을 노려서, 점심시간마다 시간 맞춰 식당으로 내려가 그의 옆에 비집고 섰다. 또 남자 후배를 시켜 그의 기숙사 동태를 살피게 해서, 그가 나타났다는 신호가 오면 우연히 마주친 것처럼 등장해 가볍게 인사를 하고 지나갔다. 그의 휴대폰 번호를 알아내서는 잘못 건 전화로 위장해 몇 번씩 전화를 걸기도 했다. 그런 식으로 그녀는 그에게 조금씩 접근했다.

그렇다고 그녀가 커플을 갈라놓거나, 사랑의 훼방꾼이 되는 짓은 하지 않았다. 도리어 대범하게 틈새를 공략했다. 그가 여자 친구와 점점 소원해지고 있다는 것을 알게 되고는 더욱 주도면밀하게 움직였다. 낮

그리고 두 사람은

연인이 됐다

에는 그의 QQ미니홈피에 좋은 글귀들을 남겼고 저녁에는 도서관으로 가 그의 주위를 맴돌았다. 두 사람의 관계는 그의 여자 친구가 다른 연예인과 바람을 피우면서 전환점을 맞이했다. 크리스마스 이브에 몰래 태국으로 떠나는 두 사람을 그가 공항에서 발견한 것이다. 물론 눈물을 흘린 사람은 그였다. 그는 매니저들의 저지에 가로막혀, 자신의 여자 친구가 다른 남자와 몰래 출국장을 빠져나가는 모습을 눈 뜨고 바라볼 수밖에 없었다.

그 순간 그의 삶을 비추던 모든 빛이 꺼졌다. 주위 사람들은 수군거렸고, 그는 외톨이가 된 아이처럼 느린 걸음으로 그곳을 빠져나왔다. 공항 문 밖에는 빨간 코트에 초록 목도리를 한 그녀가 크리스마스 트리처럼 서서 양손에 따뜻한 코코아를 들고 그를 바라보고 있었다. 그리고 두 사람은 연인이 됐다.

졸업 후 그는 일본 기업에 취직했고 용감녀는 뉴스를 진행하는 아나

운서가 됐다. 그들은 여전히 달콤하고 진하게 연애 중이었다. 그녀의 야수 본능은 그와 함께하며 야생 고양이 정도로 퇴화했고, 두 사람은 틈만 나면 찰싹 붙어서 안 떨어졌다. 누가 봐도 정말 잘 어울리는 커플이었다.

그는 출장이 잦아서 일본과 베이징을 수시로 왔다 갔다 했지만 그녀는 거기에 큰 불만을 갖지 않았다. 출장 계획을 미리 알려주고, 잠들기 전 꼬박꼬박 굿나잇 문자를 보내주고, 어디서 무엇을 하고 있는지 행적만 파악된다면 전혀 문제 될 게 없었다. 그녀에게 있어 '딴짓' 혹은 '바람'이라는 단어는 절대 상상할 수 없는 일이었다.

그때도 그는 한 달 넘게 일본에 가 있었다. 용감녀는 바위처럼 굳건하게 그를 기다렸다. 그의 귀국 2주 전부터 그녀는 매일 맛사지 팩으로 얼굴을 가꾸고 하루 전에는 남자친구에게 보여줄 새 옷을 사기위해 쇼

HAPPY
NEW YEAR
2013
Bangkok

핑을 했다. 눈물을 머금고 카드를 긁긴 했지만 그를 만난다는 생각에 마음이 설레였다. 양손 가득 쇼핑백을 들고 어느 고급 레스토랑 앞을 막 지나가는 순간, 웬 여자와 익숙한 모습의 남자가 창가에 보였다. 그녀의 남자친구였다. 용감녀는 당황하지 않고 바로 전화를 걸었다. 신호가 가는 걸 보니 귀국한 것은 확실했다. 전화를 받은 남자는 역시나 거짓말을 했다. 드라마에서 보던 그대로였다. 하지만 그녀는 드라마 여주인공처럼 입을 틀어막고 뒤돌아 뛰어가지는 않았다. 오히려 당당하게 레스토랑 안으로 들어갔다. 옆 테이블에 앉는 그녀를 보고 남자는 얼굴이 파래져서 아무 말도 하지 못 했다. 그녀는 가슴을 쫙 펴고 앉아 메뉴판에 있는 스테이크를 전부 주문했다. 웨이터가 당황하여 그대로 서 있자, 그녀는 일부러 큰 소리로 말했다.

“무슨 문제 있나? 일인당 스테이크 하나라고 누가 정해 놓기라도 했대? 내가 뭘 먹든 무슨 생각을 하든, 다 내 마음이라고!”

그러고는 남자 쪽으로 고개를 돌려 한마디 던졌다.

"안 그래?"

결국 그녀의 테이블 위에는 스테이크 열 접시가 놓였고, 그녀는 일부러 달그락거리며 시끄럽게 스테이크를 먹었다. 기분이 나빠진 상대 여자는 삐죽거리며 남자를 끌고 레스토랑을 나가버렸다. 남자는 내내 고개를 들지 못했다. 그의 정수리만이 그녀를 향해 있을 뿐이었다.

그들이 떠나자 레스토랑은 다시 조용해졌다. 잔잔하게 흐르는 음악소리에 그제야 가슴이 아파오기 시작했다. 입안 가득 꾸역꾸역 쑤셔 넣었던 스테이크는 삼키지도 못하고 헛구역질만 했다. 눈물이 쏟아져 내렸다.

하지만 용감녀는 이 일로 무너지지 않았다. 오히려 자신의 사랑을 되찾아 오겠다는 힘이 생겼다. 매일 보고 싶다고, 사랑한다고 속삭이던 그가 어떻게 순식간에 사랑을 버리고 자신과 어울리지도 않는 그런 여자에게 가 버렸는지 도저히 이해할 수 없었다.

두 사람을 미행하던 그녀는 남자가 혼자 있는 시간을 파악하고, 처음 만났을 때처럼 틈새 공략을 시도했다. 그가 새로 이사 간 아파트며 피트니스 센터며 회사 로비의 스타벅스까지, 빈번하게 들락거렸다. 하지만 모두 허사였다. 이번만큼은 잘도 피해 다녔다. 절대로 단둘이 이야기할 기회를 주지 않았다. 그는, 정말로 그녀와의 관계를 끝내려는 것 같았다. 하지만 그녀는 포기하지 않았다. 어떻게 해도 안 통하자 이번에는 다른 방법을 써 보기로 했다.

남자친구가 새로 만나는 여자는 왈츠와 탱고를 추고 롱 스커트를 즐겨 입으며 하루에 두 끼밖에 먹지 않는 여자였다. 말투는 온화하고 눈빛은 맑게 빛났다. 아무래도 그가 좋아하는 스타일이 바뀐 것 같았다. 그녀는 그 여자처럼 변하기로 했다. 무용 수업을 들었고, 옷장을 뒤엎어 징 달린 옷과 호피 무늬 옷은 모두 갖다 버렸다. 그리고 하루에 단 한 끼만 먹었다. 밤마다 허벅지를 찔러가며 배고픔을 참아냈다. 크게 말하는 것을 자제하고 낮은 소리로 소곤소곤 이야기하려 노력했다. 뉴스를 진행할 때 국가의 중요 정책을 부고 소식 전하듯 한다고 보도국장에게 혼날 정도였다.

용감녀는 두 달 만에 10킬로그램이 빠졌다. 걷는 것조차 힘이 들었다. 하지만 그는 여전히 무관심했고 냉랭했다. 그녀는 남자의 그런 모습을 보며 더 이상 이 사랑에 희망이 없다고 느꼈다. 거울 속 괴물 같은 자신이 정말 혐오스러웠다.

그녀의 상태가 좋지 않다는 소식을 듣고 사진작가 친구가 그녀를 살피러 집으로 왔다. 그녀는 눈물범벅으로 가슴을 치며 울고 있었다. 그녀가 그렇게나 상심해서 우는 걸 한번도 본 적이 없었기에 그 친구는 너무나 놀라 그녀를 달랬다. 잠시 후 흐느끼는 그녀의 입에서 나온 말은 달랑 네 글자, "나 배고파"였다.

그녀는 아직 포기하기엔 이르다고 생각했다. 그녀는 자주 이런 말을

인생이 원래 이렇게 말도 안 되는 일 투성이다

했었다. “사람들이 쉽게 포기하는 이유는 앞길이 막막하다고 느끼기 때문이야. 그런데 거기까지 가기 위해 그간 얼마나 많은 시간을 들여 노력해 왔는지 깨닫는다면 그렇게는 못할 거야.”

헤어지고 4개월이 지난 크리스마스 날 베이징에는 눈이 내렸다. 사진작가 친구는 “내 여자 친구를 소개합니다.”라는 슬로건 하에 크리스마스 파티를 열었다. 그리고 몇 개월간 비밀리에 사귀어 온 여자 친구를 공개했다. 그 여자 친구가 들어 온 순간 그녀는 얼음처럼 굳었다. 남자친구가 바람을 피운 상대, 바로 눈앞에 서 있는 것이 아닌가.

이 이야기가 말도 안 되는 억지라고 느껴질지도 모르겠다. 하지만 인생이 원래 이렇게 말도 안 되는 일 투성이다. 그녀는 자신을 연극배우라고 소개했다. 그리고 담담히 자초지종을 얘기했다. 원래 그녀와 용감녀의 남친은 친구였다. 그런데 어느 날 남자의 엄마가 균형 감각을 잃어 두 발로 서지 못하게 됐다. 돌아가신 외할아버지와 증상이 똑같았고 그제서야 그것이 유전병이라는 것을 알았다. 남자는 자신도 언젠가 근육이 다 없어지고 침대에 누워 지내는 신세가 될 텐데, 사랑하는 여자에게 그런 부담을 주고 싶지 않았다. 그래서 바보 같지만 그런 연극을 해서 그녀를 놓아준 것이다.

그녀는 그 길로 남자에게 달려갔다. 아무리 벨을 누르고 문을 두드려도 그는 나오지 않았다. 그녀는 눈을 맞으며 계속 남자의 이름을 불렀다. 이웃 주민들의 항의에 경비 직원이 와서 그녀를 끌어내려는 순간, 드디어 남자가 모습을 드러냈다. 그는 어두운 얼굴로 그녀를 집으로 데려갔다.

용감녀는 그의 집에 들어가자마자 두 사람의 추억이 담긴 물건들을 찾기 시작했다. 영화 티켓, 인형, CD, 그리고 둘이 연인이 됐던 크리스마스이브에 그녀가 입었던 빨간 코트와 초록 목도리까지. 두 사람은 눈물이 가득한 눈으로 서로를 바라봤다. 그녀는 울며 말했다.

"내가 싫어졌다면서 이런 건 왜 아직도 갖고 있어? 속일 거면 좀 더 나은 이유를 대든가. 지금 영화 찍어? 지금 이렇게 서 있을 수 있잖아. 지금은 자기가 날 안아주면 되고, 서 있을 수 없게 되면 그땐 내가 자기를 안아주면 될 거 아냐."

그렇게 해서 두 사람은 다시 연인이 됐다. 의사 말에 따르면 당사자가 원한다면 유전자 검사를 통해 향후 발병 여부를 알 수 있다고 한다. 하지만 그녀는 하지 말자고 했다. 굳이 미리 알 필요가 없지 않느냐고 했다. 그런다고 사랑이 달라지는 것도 아니고 시간이 멈추는 것도 아니니, 미리 알아서 지금부터 괴로워하지 말고 그냥 행복한 현재를 즐기자고 했다.

얼마 후 그는 그녀 몰래 검사를 받았다. 그리고 그 결과는, 친한 친구 딱 한 명에게만 알려줬다. 그게 바로 나다. 두 사람의 이야기를 들으며 두 사람이 사랑해 온 날들을 되짚다 보니 그 검사 결과는 중요한 게 아니라는 생각이 들었다. 모든 사랑에는 체념의 순간도 있고, 포기하고 싶은 순간도 있다. 고통스러운 순간도 있으며 눈물을 억지로 삼키는 순간도 있다. 하지만 제아무리 힘든 순간도 사랑하는 사람을 안아 줄 수 없는 상황보다는 못하다.

주변 사람들 모두가 두 사람이 언제쯤 현실 앞에 무릎을 꿇을지 궁금해 했지만, 그녀는 단 한번도 그 일로 고민하거나 포기하려고 한 적이 없다. 그녀는 이렇게 말한다.

"힘든 사랑이야말로 찬란하게 빛나는 법이야."

누군가가 떠나야만 이야기가 끝나는 것은 아니다. 나는 모든 사랑 이야기에는 행복한 결말이 있다고 믿는다.

나를 사랑하기

자신을 사랑하는 것보다 더 중요한 건 없답니다.

방 청소인 척,
마음 청소 중.

내 몸은 내가 지켜야지.
너무 많은 일에 힘을 쏟진 말자고.

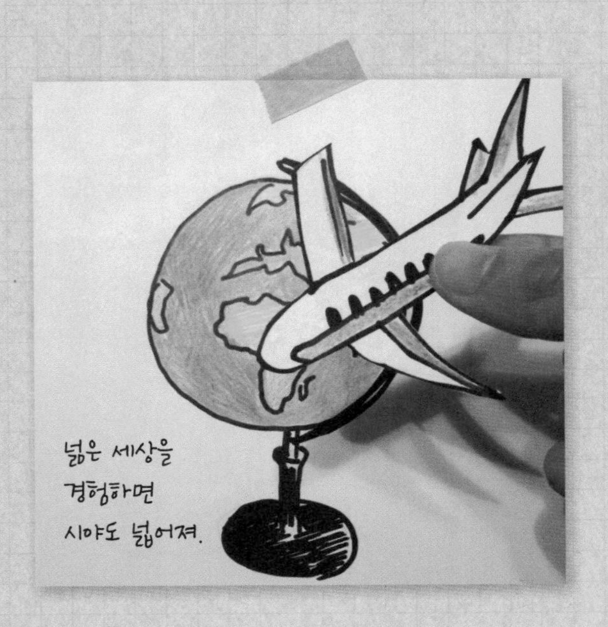
넓은 세상을
경험하면
시야도 넓어져.

옛 연인은 끊어야
다음 인연을 만날 수 있어.
레오나르도
디카프리오
응답

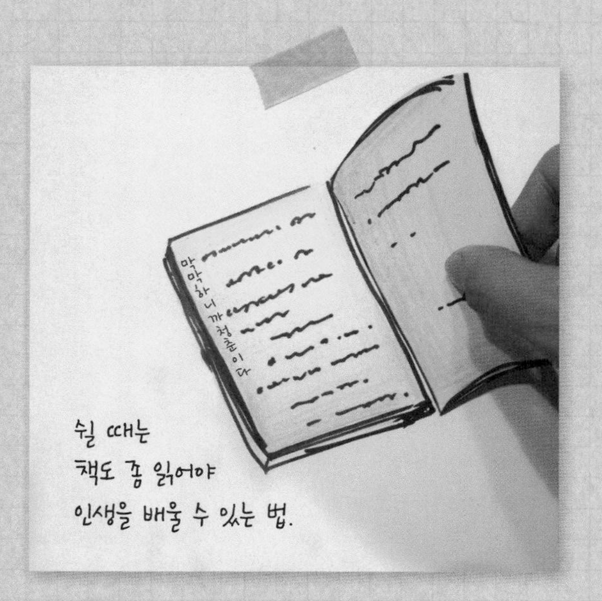
막막하니까 청춘이다
쉴 때는
책도 좀 읽어야
인생을 배울 수 있는 법.

따뜻한 이불 속보다는,
뜨거운 삶을
위하여!

자신의 우상과
어깨를 나란히 할 수 있도록
열심히 살아 보자.
yan zi

아침은 꼭 챙겨 먹자.
나이 들어서 위한테
미안해지면 안 되잖아.

여행의 궁극의 결실이란
나그네처럼 자신의 흔적을
남기고 오는 것

story 20

여행도
사랑도
나를 찾는 과정

가시 돋친 말을 자주 하는
자존심 강한 여자
B

/

죽기 전에 반드시 해 봐야 하는 두 가지. 즉흥적으로 떠나는 여행 그리고 불꽃같은 사랑.

인터넷에서 유행하는 이 문장을 B는 이렇게 바꿨다.

죽기 전에 반드시 깨달아야 하는 두 가지. 즉흥적 여행에는 돈이 필요하다는 사실 그리고 얼굴이 예뻐야 불꽃 같은 사랑도 가능하다는 사실.

❄❄❄

가시 돋친 말투에 차가운 성격, 남을 배려하지 않는 성품. 하지만 하늘은 역시 자비롭다. 성격은 고슴도치일지언정 부잣집 딸에 연예인 뺨치는 외모까지 갖췄으니. B는 연예계는 지저분해 보여 싫다며 대신 문학계를 선택했다. 첫 작품은 현대 로맨스 소설. 팬들은 그녀를 '작가계의 순수 여신'이라고 불렀다.

나는 작가 모임에서 B를 알게 됐다. 그녀는 나를 보자 이렇게 말했다.

"이런 베이비 페이스가 베이징에 있어야 해. 여기서 어슬렁거리는 애들 중 열에 아홉은 여우과거든. 그쪽 같은 희귀 품종을 사람들이 얼마나 좋아하는데!"

모임이 끝난 후 나는 벤츠 스포츠카에 올라타는 그녀를 봤다. 고급

스러운 스포츠카에, 운전기사까지…… 무슨 드라마에 나오는 장면 같았다. 말투나 행동으로 봐서 분명히 평범한 여자는 아닐 거라고 다른 친구들과 이야기했는데, 아니나 다를까, 다음날 그녀는 부모님께 문자 하나 달랑 보내 놓고는 집을 떠났다고 한다.

B는 타이완 컨딩에 사는 여자와 '홈 익스체인지 휴가'를 보내기로 했다. 인터넷 사이트에서 알게 된 두 사람은 2주 동안 집을 바꿔서 지내기로 했는데, 계약서도 안 쓰고 느낌 가는 대로 결정했다. 그녀는 평소 쓰던 고가 화장품 하나 안 챙긴 채, 기본 옷가지만 몇 벌 챙기고 배낭을 메고 떠났다. 왠지 인생 전체를 바꾸러 가는 기분마저 들었다.

컨딩의 여름은 정말 더웠다. 얼마나 뜨거운지 여기저기서 뭔가 타는 냄새가 나는 것 같았다. 그녀가 머물 집은 컨딩의 번화가에 있었는데 그다지 좋은 편은 아니었다. 하지만 문밖으로 나가면 바로 바다인 데다

가 해변에는 웃통을 벗은 젊은 서퍼들이 가득했기에, 그냥 받아들이기로 했다. 아침에는 식빵에 잼을 발라 먹었고, 낮에는 스쿠터를 타고 난완해변에 가서 바닷물에 발을 담그고 백사장도 밟았다. 저녁에는 혼자 유명한 해산물 식당을 찾아가 해산물을 실컷 먹었다. 낯선 환경에 적응하지 못하고 쩔쩔매는 부잣집 따님의 모습 따위는 찾아볼 수 없었다. 그녀에게 무슨 근심이 있겠는가. 손만 뻗으면 원하는 것을 다 얻을 수 있는데. 물론 과정의 즐거움은 영원히 맛보지 못하겠지만.

그렇다고 B에게 아픔이 없는 것은 아니다. 그녀의 책이 인터넷 서점 베스트셀러에 올랐을 때 그녀는 정말 뿌듯하고 자랑스러웠다. 하지만 그 높은 판매량이 실은 아빠의 작품이며 십만 권이 넘는 책이 창고에 그냥 쌓여 있다는 사실을 뒤늦게 알게 되자, 구름 위를 날던 성취감은 연기만 남긴 채 일순간에 사라졌다. 줄줄이 드러나는 베스트셀러의 실체는 실로 무서웠다. 웨이보 팔로워의 대부분이 돈 주고 산 가짜이며 댓글과 RT 모두 홍보대행사를 통해 조작해 왔다는 사실도 알게 됐다. 칭찬 일색이던 책 리뷰도 몇십만 원짜리 아르바이트생의 작품이었다. 이쯤 되니 원래 작가로서의 재능이 없는데 아빠라는 거대한 울타리 안에서 아무도 인정하지 않는 혼자만의 상아탑을 쌓아 온 것은 아닌가 생각하게 됐다.

그녀가 몸에 가시를 바짝 세우고 여왕처럼 살 수 있었던 가장 큰 요인은 돈이 아니다. 바로 강하디 강한 자존심이다. 만약 그녀와 다투게 된다면 그녀의 자존심만은 절대로 건드리면 안 된다. 자존심은 그녀에게 남은 마지막 하나이기 때문이다.

컨딩에 온 지 삼일 째 되던 날, 순탄했던 여행이 꼬이기 시작했다. 샤워를 하고 나온 B는 클렌징크림을 화장실에 놓고 나왔다는 것을 깨닫고는 물이 뚝뚝 떨어지는 몸으로 다시 화장실에 갔다. 크림을 들고 나오려는데 갑자기 화장실 문이 열리며 웬 벌거벗은 남자가 안으로 들어오는 것이 아닌가! 보통 이런 상황에서는 여자가 비명을 지르게 마련인데, 이번에는 아니었다. 그 남자가 먼저 너무 크게 소리를 질렀기 때문이다. 남자의 비명에 놀란 B는 미끄러지며 그대로 바닥에 고꾸라졌다. 그녀는 무릎을 감싸며 침착하게 수건으로 몸을 가렸다. 그리고는 작은 소리로 말했다.

“소리 좀 그만 지르지. 목젖 다 보이는데.”

남자는 얼굴이 파래졌다. 정말로 목젖만 보고 자기 알몸은 안 봤을까 걱정됐기 때문이다. 그는 자기를 집 주인의 남동생이라고 소개했

다. 타이베이대학교 대학원에 재학 중인 그는 누나가 베이징에 갔다는 소식을 듣고 방학에 잠시 머물러 왔던 것이다. B는 무릎을 다쳤다며 그를 못가게 했고 이날부터 두 사람은 앙숙 홈메이트가 됐다. 그녀는 그를 필리핀 가정부쯤으로 취급했다. 삼시 세 끼를 준비시키는 건 물론이고, 심심하면 불러다가 옆에 앉혀 놓고 수다를 떨었으며, 그가 서핑하러 나간다고 하면 근육남들을 보기 위해서 같이 따라나섰다. 그는 그녀에게 휘둘리지 않으려고 소심하게 반항도 해 봤으나, 그때마다 그녀는 말없이 무릎의 붕대를 천천히 풀었다. 누구 때문에 이런 상처가 생겼느냐는 것이었다. 그는 어쩔 수 없이 그녀가 하라는 대로 따랐다.

사실 그녀는 베이징에 남자친구가 있다. 집안 수준도 비슷하고 고위급 자제이며 키 180cm에 이민호를 닮은 남자다. 〈시티헌터〉가 방송되던 때에는 길거리에 나서면 여자들이 소리를 지르며 따라오기도 했다. 주변 사람은 그 남자가 그녀만의 '이윤성'이라고 생각했다. 하지만 겉으로만 남자답지, 남자친구 속에는 잔소리꾼 아줌마가 한 명 들어 앉

드라마 〈시티헌터〉의 주인공

여행의 진정한 모습이란
또 다른 나를 찾는 과정이다

아 있었다. 샤워할 때 목욕탕 바닥에 물 좀 튀기지 말라는 잔소리를 그에게 스무 번쯤 들은 후, 그녀는 짐을 싸서 집을 나와버렸다. 다음날까지도 화가 안 풀린 B는 웨이보에 글을 하나 남겼다.

"어떤 여자가 샤워를 하는데 샤워 커튼을 치고 씻었음에도 바닥에 물이 튀었다. 그렇다면 먼저 샤워 커튼을 문제 삼아야 하는 것 아닌가? 여자한테 뭐라고 할 것이 아니고!"

그러고는 남자친구 아이디를 링크한 뒤 파워유저들에게 RT를 부탁했다. 그 덕에 이 글은 웨이보 화제의 글에 올랐고, 남자친구는 엄청난 인기와 동시에 엄청난 비난을 받았다. 두 사람은 늘 이런 식이었다. 남자친구는 그녀를 진심으로 좋아한다. 그녀에게 하도 욕을 먹어서 온 가슴이 만신창이가 됐어도, 원망 없이 변함 없이 그녀를 사랑한다.

남자친구는 준비성이 철저하고 뭘 해도 똑 부러지게 잘하는 사람이지만 그녀는 반대다. 항상 충동적이며 계획보다는 느낌이 중요하다. 애매모호한 상황이 낫지, 너무 정확하고 확실하면 오히려 갈피를 잃을 수도 있다고 생각한다. 시간이 흐르며 뜨거웠다 차가웠다 하는 두 사람의 관계에 그녀는 안정감을 느끼지 못했다. 그녀에게 있어 이 사랑은 이제 있어도 그만, 없어도 그만이었다.

컨딩의 괴짜남을 억지로 붙들어 놓고 지낸 지 며칠이 지났다. 그녀는 살면서 이렇게까지 마음이 편했던 적이 없었다. 금세 2주가 지났다. 떠나기 전날 두 사람은 바비큐를 먹었다. 또 어떤 장난을 칠까 하다가 곧 누가 더 술이 센지를 놓고 옥신각신하기 시작했다. B는 테이블 위에

술을 가지런히 놓더니 베이징에서 하던 술 마시기 게임을 시작했다. 질 때마다 한 병씩 원샷. 결국 만취한 그녀는 남자를 끌어안고 미친 듯 울었다. 지나가는 사람들의 시선에 너무 창피했던 남자는 그녀의 울음을 멈추기 위해 으름장을 놨다.

"계속 울면 입 맞출 거예요!"

그녀는 바로 입술을 쭉 내밀어 남자에게 갖다 댔다. 그의 얼굴은 곧 그녀의 눈물과 콧물로 범벅이 됐고 그들은 진한 키스를 나눴다.

남자친구는 늘 가벼운 키스만 했다. 그의 키스는 언제나 나뭇잎이 입술에 살짝 닿는 듯한 느낌이었다

"좀 뜨겁게 할 수는 없겠어?"

그녀가 다그치면 남자친구는 민망해하며 분위기 다 망쳤다는 듯 몸을 돌려 누웠었다. 그때마다 그녀는 치솟는 화를 참으며 입술만 어루만졌다. 그녀가 원하는 키스는 숙제를 하는 듯한 의무적인 입맞춤이 아니다. 그녀가 원하는 사랑은 그녀의 가시를 감당하는 사랑이 아니라, 가슴속의 가시를 뽑아주는 사랑이다.

해산물을 먹은 데다가 알코올까지 들어가서일까? 다음 날 아침 공항으로 출발해야 하는데 무릎이 퉁퉁 부었다. 그는 어딜 갔는지 집에 없었다. B는 혼자 다리를 절뚝거리며 짐을 쌌다. 캐리어를 들고 현관으로 나가려는데 문 앞에 붙어 있는 메모 한 장이 눈에 들어왔다. 그가 쓴

것이다. 메모를 읽고 너무나 화가 난 그녀는 발로 문을 세게 걷어찼다. 무릎이 아파 이를 꽉 물었다. 그리곤 쪼그리고 앉아 엉엉 울었다.

"결국 그날 공항에 갔대."

친구가 해 준 그녀의 이야기는 여기까지다. 내가 B를 만난 건 그때 단 한 번뿐이었다. 그 뒤로 그녀는 모임에 나오지 않았다. 누구는 그녀가 베이징의 남자친구랑 결혼했다고 하고, 또 누구는 쭉 타이완에 머물고 있다고 한다. 나는 후자였으면 하고 바란다. 그녀가 타이완에 계속 남아 있다면, 최소한 죽기 전에 반드시 해 봐야 한다는 그 두 가지는 이뤘다는 뜻이니까.

많은 사람이 여행의 의미에 대해 이야기한다. 어쨌든 여행이 갖는 궁극의 결실이란 나그네처럼 여행지에 자신의 흔적을 남기고 오는 것이리라. 낯설고 멀게만 느껴지는 그곳도 알고 보면 누군가에게는 익숙하기 그지없는 동네이다. 이 도시와 저 도시, 이쪽 목적지와 저쪽 목적지, 사실 다를 것 하나 없다.

여행의 진정한 모습이란 결국 또 다른 나를 찾는 과정이니까. 물론, 사랑도 그렇다.

진정한 아름다움은

외모가 아니라

자기만의 매력에서 생기지

story 21

반짝반짝 빛나는 그대

매력 있고 재능이 뛰어난 여자
J

/

주변을 둘러보면 백조가 된 미운 오리 새끼처럼, 다이어트나 성형 수술을 통해서 몰라보게 달라진 친구들이 꽤 있다. 그들은 희미한 빛이 들어오던 작은 문을 활짝 열어서 자신의 세계에 햇살이 가득 들어오게 만들었다.

"왜 그렇게 열심히 사냐고? 세상에 단 하나뿐인 멋진 내가 되고 싶어서. 아무리 가진 게 없다 해도, 노력 앞에서는 장사 없거든."

❄❄❄

J는 사실, 내가 지금껏 본 여자 중 가장 못생긴 여자였다. 과장이 아니다. 쌍꺼풀 없이 축 처진 눈에, 치아 교정 중인 얼굴은 늘 부어 있었고, 피부는 땡볕에서 종일 농구 시합하는 남학생보다 까맸다. 교복을 제외하고는 죄다 꽃무늬, 줄무늬, 아니면 복고 스타일…… 할머니 옷을 가져다 입은 듯, 독특하다 못해 눈 뜨고는 못 봐 줄 패션 센스를 자랑했다. 재미있으라고 하는 이야기가 아니라, 정말로 그녀를 보면 뭔가 이렇게 묘사를 해 보고 싶은 충동이 일곤 했다.

그녀의 중3 시절은 별로 순탄하지 않았다. 반 친구들은 못생긴 그녀

를 놀리고 따돌렸다. 그녀의 숙제노트는 늘 누군가의 발자국으로 얼룩져 있었다. 그녀에게도 물론 친구가 있었다. 그러나 대부분 예쁘고 잘난 아이들로, 그들은 그녀를 옆에 둠으로써 우월감을 느꼈다. 그녀는 그런 취급을 당해도 화 한 번 낸 적 없었다. 마치 자기와는 상관없는 일인 양, 영혼은 저 먼 곳으로 보내 버린 듯한 눈을 하고 있었다.

그런 J에게도 눈에 띄는 재능이 있었으니, 바로 그림 솜씨였다. 학급 홍보 부장이었던 나는 그녀를 불러 매달 함께 벽보를 그렸다. 난 그녀의 재능이 멋지다고 생각했다. 손이 빠르고 아이디어가 풍부한 그녀는 내가 만들어 놓은 벽보 패턴을 완전히 바꾸어 놓았다. 분필 몇 자루로 잡지 광고 같은 멋진 결과물을 만들어 내기도 했다. 글씨도 얼마나 예쁘게 쓰는지, 쓱쓱 몇 분 만에 완성한 벽보를 보면 눈도 마음도 모두 즐거워지곤 했다.

처음으로 전교 벽보 대회에서 1등을 했을 때 다른 학년 홍보부와 함께 회식을 한 적이 있다. 우승했다는 사실에 흥분해서일까, 아니면 그 자리의 어색함을 없애려던 것일까? 나는 몇 번이나 그녀의 외모를 빗대어 우스갯소리를 했다. 그날 그녀는 몇 마디 하지 않았고, 나 역시 굳이 그녀의 표정을 살피지는 않았다. 하지만 난 알고 있었다. 그녀가 절대 화내지 않을 거란 걸.

안쓰러운 그녀의 이야기는 그녀가 고2 선배에게 첫눈에 반하면서 정점에 이른다.

농구장에서 그 선배를 처음 본 순간, 그녀의 가슴에 첫사랑의 종이 울렸다. 외모에 자신이 없다 보니 선배 옆을 지나가는 것조차 두려웠고, 탕비실에 물 뜨러 가는 척하며 멀리서 훔쳐보는 게 고작 전부였다. 아무도 없는 틈을 타서 선배 자리에 선물을 놓고 나오기도 하고, 하굣길에 뒤를 밟아 몰래 집까지 따라갔다 오기도 했다. 선배네 농구팀 연습 시간표를 구해서는 농구장으로 달려가 시합하는 것을 구경하기도 했다.

그녀의 이런 비굴한 짝사랑을 더 이상 보고 있을 수 없었던 나는 고백하라고 부추기기 시작했다. 시간이 지나 그녀는 정말로 고백했다. 내가 써 준 러브레터를 선배 손에 쥐여주곤, 그냥 도망쳤다. 그리고 그 결과는, 예상하는 그대로 됐다.

그날 저녁 우리는 함께 자율 학습에 빠지고, 맥주를 잔뜩 사서 마트

앞에 앉아 엄청나게 퍼마셨다. 그녀는 술기운에 훌쩍이며 말했다.

"너 완전 오버인 거 알아? 그날 홍보부 다같이 저녁 먹을 때 내 얼굴이 뭐? 주먹을 부르는 얼굴이라고? 경찰이 내 얼굴 보고 폭력 진압하러 오겠다고? 어떻게 그런 말을 할 수가 있어? 그 편지에도 그렇게 썼더라. '하느님이 저에게 다른 건 다 안 주셨지만, 사랑의 인연만은 주셨나 봐요. 그 덕에 선배를 만날 수 있었어요' 내가 그렇게나 못생겼냐?"

나는 웃어야 할지 울어야 할지 몰라 그저 그렇게 옆에 앉아 있었다. 그 후로 그날 저녁의 일은 우리가 만날때마다 자주 등장하는 소재가 되었다.

오랫만에 그녀를 만나기 위해 길을 나섰다. 나는 카페 입구에서 두리번거리는 J를 향해 손을 흔든다. 자리에 앉자마자 그녀는 가져온 봉투를 테이블 위에 올려놓는다. 보아하니 나에게 또 공짜 아로마 오일

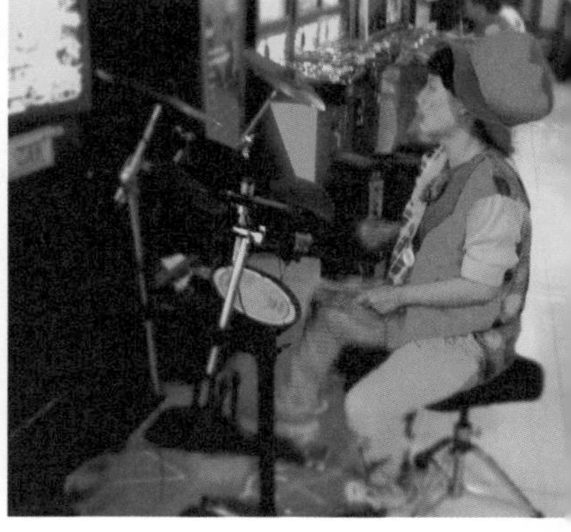

을 주려는 모양이다.

그녀는 대학을 졸업한 뒤 아로마 오일 판매점의 영업을 맡았다. 콜센터 직원 몇 명만 데리고 시작했는데, 한 분기 만에 매출을 다섯 배로 올렸다. 그러더니 결국 팀을 꾸려 북경과 천진에 오프라인 매장을 냈다. 콜센터로 시작해서 금세 화북 지역 판매 총책임자가 된 것이다. 아무나 해낼 수 없는 일을 그녀는 365일 만에 해냈다.

모두가 예상하는 바대로 그녀는 백조가 되었다. 어떠한 의료 기술의 힘도 빌리지 않고 말이다. 그녀는 여전히 외꺼풀에 까만 얼굴이다. 그나마 외모에 변화가 있다면 교정기를 뺀 덕분에 얼굴이 작아 보인다는 것 정도. 하지만 분위기로는 완전히 다른 사람이다.

회신 없는 러브레터가 그렇게 만들었는지, 아니면 오랫동안 조롱의 대상으로 살아오며 단단해진 것인지, J는 누가 봐도 자신감 넘치고 당당한 사람이 되었다. 그녀는 혼자만의 세상에 갇혀 있다거나 세상을 차갑게 대하지 않는다. 오히려 자기가 누구이며, 무엇을 잘 하고 어떤 점이 부족한지 정확히 알고 있었다. 그런 그녀는 대학에 다니면서 전자상거래를 독학했고, 세 개나 되는 동아리에 가입해서 활동했다. 매일 하루에 한 개씩 불가능하다고 생각되는 일에 도전했는데, 예를 들면 만화 콘테스트나 스피치 대회에 도전하고, 그렇게 싫어하던 썅챠이를 먹어보고, 자이로드롭을 타보았다. 선천적으로 못난 외모와 소극적인 성격을 담담히 받아들이는 대신, 본인의 다른 장점을 최대한 이끌

우리가 원하는 것은 조금 늦을 뿐 결국에는 나타난다

어내려 노력했다.

자신과 끊임없이 대화하면서 자기만의 아름다움을 보기 시작한 그녀는 어느새 반짝반짝 빛나는 사람이 되었다. 아무리 외모가 출중해도 다가가기 어렵고 금세 잊히는 사람이 있고, 특별히 예쁘지는 않아도 에너지가 넘치며 왠지 끌리는 사람이 있는데 그녀가 바로 후자다.

누구에게나 J처럼 부족한 면이 있다. 그래서 우리는 늘 자신의 존재감에 대해 고민하며, 때로 자신은 아무것도 할 수 없는 사람이라고 자괴감에 빠지기도 한다. 이 고민에서 벗어나는 방법은 단 하나, 그냥 받아들이는 것이다. 움츠러들 필요도 없고, 고치려고 할 필요도 없다. 부족한 공간은 다른 장점으로 메우면 된다. 장점으로 무장한 나만의 갑옷을 입고서 부족하고 여린 나를 지켜 주자.

괜한 꼬투리나 잡는 사람들이 당신 인생을 책임져 주지는 않는다. 우리가 그들의 차가운 눈빛과 비웃음을 바꿀 수는 없다. 우리는 우리가 갈 길만 묵묵히 가면 된다.

그녀의 과거 이야기를 할 때마다 우리는 박장대소를 하곤 한다. 남의 시선 따위 상관 않고 크게 크게 웃는 그녀를 보고 있자니, 문득 여느 여자 연예인보다 더 아름답다는 생각이 든다. 시간이 지나면 알게 될 것이다. 진정한 아름다움은 뛰어난 화장술, 높은 콧날과 날렵한 턱 선, 비싸고 멋진 옷에서 오는 것이 아니라 바로 나만의 매력에서 생겨난다.

그 매력은 나에게서 풍기는 분위기일 수도 있고 말할 때의 눈빛일 수도 있다. 그 매력은 이렇게 말한다. 네 인생의 주인공은, 바로 너라고.

그녀의 첫사랑 선배를 아직 기억하는지? 그 선배가 지금 차를 몰고 자기 여자 친구를 만나러 오고 있다.

내 맞은편에 앉아 있는 저 친구를.

드라마보다 더 드라마틱한 것이 우리 인생이다. 당시에는 대답을 듣지 못했지만, 이미 답은 정해져 있었다. 우리가 원하는 것은 조금 늦을 뿐 결국에는 나타난다.

이제 내가 하려던 이야기는 끝이 났다. 우리가 서로 만난 적은 없지만, 이 책에 담긴 이야기들이 당신의 삶에 긍정적인 영향을 미치길 바란다. 세상에 변하지 않는 것은 없다. 사랑스러운 당신이 조금 더 멋진 사람이 되길. 파이팅!

최고의 당신

우리 곁에 항상 있어주는 것은 바로 최고로 멋진 우리들 자신입니다.

아흔아홉 번의 다짐, 그리고 한 번의 실행!

친구란 추운 겨울날의 햇살,
그리고 비 오는 날의 우산 같은 존재.

아무리 힘든 일이라도
일단 어깨에 둘러메면
'까짓 것'이 되지.

우리는 생각보다
훨씬 강한 사람!

막막한 인생길,
그래도 가로등 하나는
널 비추고 있을 거야.

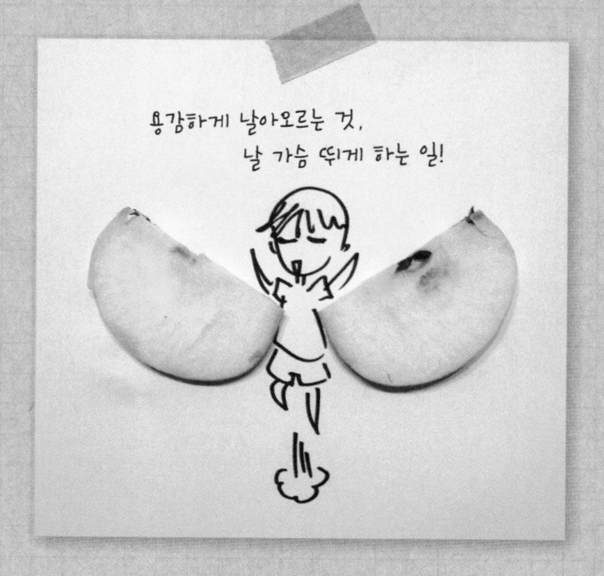
용감하게 날아오르는 것,
날 가슴 뛰게 하는 일!

너의 행성에서
너의 그 사람을
꼭 만나길 바랄게.

흐린 날을 만났을 때면,
스스로 빛나는 작은 태양이 되어 보자.

가장 아름다운 시절

양양

드디어 마지막 장입니다. 마지막 장까지 읽어주신 독자들께 감사의 인사를 드립니다. 이 책을 단숨에 읽은 분도 있을 것이고, 한 장 한 장 곱씹으며 천천히 읽은 분도 있을 것입니다. 아침마다 화장실에 앉아서 읽은 분도 있겠죠. 저희 책을 읽어주신 모든 분들께 정말 감사해요. 하오천이 이 책의 문을 열었다면 저는 멋진 마무리로 책의 여운을 남기려 합니다.

책을 내기까지 하오천의 역할이 컸습니다. 삽화, 손글씨, 그리고 스물한 개의 멋진 이야기까지. 게다가 잘생기기까지 했잖아요. 지금보다 살이 좀 쪘던 중학생 시절에도 아마 굉장히 귀여웠을 거예요. 하오천이 중학생 때 사진을 보여준 적이 있었는데 지금과 너무 다른 모습에 재빨리 휴대폰으로 찍어 저장하면서도, 한편으로는 어떤 이유로 그렇

게 살이 쪘을까 궁금했습니다.

하오천의 학창 시절은 마치 한 편의 드라마와 같답니다. 제목을 붙이자면 『살찌니까 청춘이다』 정도? 친구들은 뚱뚱한 그를 피했고, 가끔 괴롭히기도 했습니다. 그래서 그는 외톨이였답니다. 하지만 하오천은 늘 긍정적으로 생각하며, 혼자 있는 시간에는 자기 자신과 대화를 하고 그림도 그리고 글도 썼습니다. 비록 사람들이 좋아해 주지 않아도 자신을 사랑해야 더 멋진 사람이 될 것이라고 한결같이 믿었죠.

친구에는 두 종류의 친구가 있죠. 서로 비슷해서 죽이 잘 맞는 친구가 있고, 또 너무 달라서 부족한 점을 서로 보완해 줄 수 있는 친구가 있습니다. 저와 하오천의 경우는 전자인 것 같습니다. 저도 하오천처럼 천성이 낙천적이고 혼자서도 잘 노는 스타일이거든요. 고향 항저우를 떠나 베이징에 처음 올라왔을 때 통장에는 고작 70만 원밖에 없었습니다. 게다가 2년간 필사적으로 일해 온 프로그램마저 갑자기 폐지되었죠. 계획하고 있던 미래는 일순간 방향을 잃었습니다. 그렇게 일이 끊겨 백수가 되었지만 그래도 그 시간을 헛되이 보내지는 않았습니다. 되돌아보니 잉여 생활 같았던 그때가 지금의 저를 있게 한 유의미한 노력의 시간이었더군요.

작년에 네덜란드 암스테르담에서 열린 MTV EMA에 참석했습니다. 맑은 날보다는 구름 낀 하늘이 익숙한 눅눅하고 습한 도시지만 그곳 사람들의 얼굴은 햇살처럼 밝았습니다. 3박 4일 간의 일정 동안 우리의 가이드를 맡아 주신 분은 '놀란Nolan'이라는 이름의 기사분이셨는데, 예순이 다 된 나이에도 불구하고 굉장히 에너지 넘치는 분이었습니다. 그분은 매일 멋진 정장을 차려 입고 친절하게 가이드를 해 줬습니다. 너무 바빠서 여섯 시간밖에 못 자고 나온 날에도 콧노래를 흥얼거리고 휘파람을 불며 얼마나 활기찬지 마치 '50대 저스틴 비버' 같았죠.

저는 그분께 어떻게 항상 즐거운 마음으로 일하느냐고 물었습니다. 그러자 그분은 호탕하게 웃으며 이렇게 대답했습니다.

"하루의 대부분을 일하면서 보내는데, 일하는 시간이 즐겁지 않으면 하루가 온통 괴롭잖아요."

자기 자신을 소중히 대하는 방법은 게으름을 피우는 것도, 잔꾀를 부리는 것도 아닙니다. 바로 지금 하는 일을 사랑하고 매 순간을 즐기는 것이죠.

힘든 시기에 겪는 일들은 종종 생각지 못한 전환점이 되기도 합니다. 〈엘리자베스타운〉이라는 영화가 있습니다. 올랜도 블룸이 연기한 남자 주인공은 회사의 파산, 여자 친구의 배신, 아버지의 죽음이라는 세 가지 악재를 한 번에 겪고는, 고향에 돌아가 아버지 장례를 마치면 자신도 목숨을 끊겠다고 다짐합니다. 그런데 고향으로 가는 비행기 안에서 알게 된 어느 스튜어디스 덕분에 마음의 안정을 얻게 됩니다. 그리고 그녀 덕분에 생각지 못한 여정 속에서 삶의 의미를 찾게 되죠.

누구나 힘든 시기를 겪습니다. 그 시기가 얼마나 힘들고 괴로운가는 시련을 받아들이고 대처하는 자세에 달려 있습니다. 포기하지 않는 의지와 다시 일어설 수 있는 힘이 있다면 힘든 시기에도 잠시 숨을 고를 수 있을 것입니다. 그리고 다시 힘을 내서 그 시기를 이겨낼 것입니다.

처음에는 책의 제목을 『멋진 당신이 되기를』로 하려 했습니다. 이 책이 독자들께 스스로를 되찾는 여정이 되어 마지막 페이지를 덮었을 때는 모두가 '꽤 괜찮은 사람'이 되길 바라는 마음이었거든요. 하지만 나중에 깨달았습니다. 그것은 미래의 일이 아니라는 것을, 지금 이대로도 이미 여러분은 '괜찮은 당신'이라는 것을요.

기억하세요. 지금 이 순간이 여러분에게 가장 아름다운 시절이고 지금의 당신이 가장 멋진 사람이랍니다.

가치 있는 존재로 나를 다시 바라보다

신혜영

저자 장하오천과 양양은 현재 중국에서 10대와 20대, 더 나아가 30대에게 많은 사랑을 받고 있는 작가이며 방송인입니다. 이들의 인기는 잘생긴 외모의 영향도 있지만, 웨이보에 매일같이 전하는 긍정적이고 공감 가는 메시지의 힘이 가장 크리라 생각합니다.

두 저자가 의기투합해 만든 첫 책 『지금 이대로 괜찮은 당신』. 이 책이 고마운 이유는 자기 자신만 사랑하라고 말하는 것이 아니라, 자기 자신을 사랑해야 타인과의 사랑도 완성할 수 있다고 말하기 때문입니다. 꿈을 향해 무조건 직진하라고 말하지 않고, 꿈을 꾸되 천천히 그리고 꾸준히 달리라고 조언하기 때문입니다. 그리고 우리들 모두 지금 이대로도 참 괜찮은 사람이라고 말해주기 때문입니다.

한 챕터 한 챕터 번역을 하며 만난 스물한 명의 그와 그녀들…… 그들의 이야기를 우리말로 옮기며 주변 사람들이 떠올랐습니다. 그리고 제 모습도 떠올랐습니다. 지금껏 살며 한번쯤은 경험해 본 이야기들이기에 이토록 공감할 수 있었던 것 같습니다. 서른을 훌쩍 넘긴 제게도 『지금 이대로 괜찮은 당신』의 메시지가 가슴에 와 닿은 것은 아마도 번개처럼 지나가버린 20대에 대한 아쉬움과 후회 때문일 것입니다. 지금 20대가 이 책에서 말하는 것처럼 자기 자신을 사랑하면서 사랑과 꿈, 그리고 우정을 만들어갔으면 좋겠습니다.

끝으로 단 1퍼센트의 희망을 안고 도전하는 일에 늘 묵묵히 응원을 보내 주는 많은 친구들과 동료들, 그리고 사랑하는 가족에게 감사하는 마음을 전합니다.

옮긴이 신혜영

경희대학교 언론정보학부를 졸업한 뒤 중국에서 다년간 생활하며 중국에 대한 애정을 키워왔다. 엔터테인먼트회사와 광고대행사에서 근무한 경험을 바탕으로 중국의 다양한 문화콘텐츠를 한국에 소개하는 일을 하고 있다.

지금 이대로 괜찮은 당신

지은이 양양·장하오천
옮긴이 신혜영
초판 1쇄 발행 2015년 5월 15일
3쇄 발행 2018년 2월 12일

발행처 이야기나무
발행인/편집인 김상아
아트디렉터 박기영
기획/편집 오성훈, 박선정, 김정예
홍보/마케팅 한소라
디자인 이든디자인
인쇄 중앙 P&L
등록번호 제25100-2011-304호
등록일자 2011년 10월 20일
주소 서울시 마포구 양화로 10길 50 마이빌딩 2층 (04047)
전화 02-3142-0588
팩스 02-334-1588
이메일 book@bombaram.net
홈페이지 www.yiyaginamu.net
페이스북 www.facebook.com/yiyaginamu
블로그 blog.naver.com/yiyaginamu

ISBN 979-11-85860-05-3 03810
값 14,000원

* 한국어판을 만드는데 큰 도움을 주신 독자 모니터 여러분 감사합니다.
고나경, 김건우, 김현지, 나원재, 나혜지, 박지예, 변소영, 유진희, 윤수현, 이금강
이다솜, 이다송, 이연진, 임나영, 조소영, 조예슬, 지유영, 진성현, 한승수, 한진희, 허성구

이 도서의 국립중앙도서관 출판예정도서목록(CIP)은 서지정보유통지원시스템 홈페이지(http://seoji.nl.go.kr)와 국가자료공동목록시스템(http://www.nl.go.kr/kolisnet)에서 이용하실 수 있습니다.(CIP제어번호:2015012458)